だが彼女はそれで腐ったりはしなかった。何故《なぜ》なら隠れた才能を持っていたからだ。

そう……解呪・解毒に関しては右に出る者はいない、という才能である。

だがそれを発揮するには少し特殊な状況が必要で、師匠や両親以外、その能力は秘匿されていた。

そのため彼女は、解呪・解毒を目的にした薬を作って売り出し、ゆくゆくは薬師になろうと将来を見据えていた。そんな彼女に転機が訪れた。

聖騎士隊隊長で、フレイア公爵のオズワルドとの出会いだ。

かつて[illegible]の危機から救った七人の勇者がいた。彼等は七英と呼ばれ、後世で国を護《まも》るべく奮[illegible]号が与えられることとなった。

そ[illegible]ワルドは、称号を得た第二次魔獣討伐戦の折に呪われてしまい、ひょんなことから七[illegible]毒薬をぶっかけ、彼の体調を劇的に改善したことから、解呪役に抜擢《ばってき》された。

それか[illegible]にこうして、本日も彼の解呪に励んでいるのだが……。

「その[illegible]ら意味がないですから」

胸の[illegible]魔法道具の弱点を指摘されてオズワルドは閉口する。だが納得がいかない、という[illegible]れて、セシルはやれやれと肩を竦《すく》めた。

「仕方な[illegible]か。オズワルド様、呪いをまたしても受けちゃったんですから」

セシル[illegible]隊で一度、彼の身体から呪いは除去できた。特殊な方法で、彼の呪いをセシルが引き受けたのだ。だがこの聖騎士様は再び怪我《けが》をし、また呪いを受け取ってしまったのだ。

「だからって半年!? ていうか、同じ呪いを受け取ったお前は元気なのになんだこの差は!?」

「私は自分で体内に取り込んだものを浄化できるので速度が速いんです。でもオズワルド様はこの『つむ』で一時間に回収できる分しか浄化されませんので……まあ、差は出ますよね」

言いながら彼女はオズワルドの手首をぎゅっと握りしめた。途端、オズワルドの身体にセシルが持つ白魔導士の魔力が流れ、高い魔力を持っていても騎士である彼には見えていなかった、真っ黒な意味のわからない単語の羅列が、うごうごと胸の上で動くのが見えた。それはそれは膨大な……時折緑に煌《きら》めく呪詛《じゅそ》と思《おぼ》しき言葉の鎖。

ぐ、と奥歯を噛《か》み締め、いまだにこんなに残っているのかと青ざめるオズワルドの手をゆっくりとセシルが離す。白魔導士でなければ見えない呪詛の鎖が、セシルの魔力が消えるのと同時に消失する。

「これだけまだ残っていますので……やっぱり半年はかかります」

「……半年も耐えられるとは思えない」

先ほどよりもいっそ凶悪な響きを帯びたオズワルドの呻《うめ》き声に、セシルは目を瞬《しばたた》いた。

「何が耐えられないって言うんですか？　身体の不調？　頭痛胃痛胸焼け不快感動悸《どうき》息切れ眩暈《めまい》勃起《ぼっき》不全？」

「なんか増えてるなおい！」

「具合が悪いのは仕方ないですよぉ。だって呪われてるんですから」

「さらっと言うことじゃないだろ！　ていうか耐えられないのは身体の不調じゃない！」

やっと治療が終わり、胸の上からつむが消えたところで彼はがばりと跳ね起きる。

「半年もお前を抱けないと思ったら耐えられないって言ってるんだよ！」

がしっと両腕を掴《つか》まれて放たれたその台詞《せりふ》に、セシルは衝撃を受けた。受けすぎて頭が言葉を処理できない。そのため、物凄《ものすご》く怪訝《けげん》な表情で切り返していた。

「……ちょっと何言ってるかわかんないです」

「なんでだよ！」

顔を近寄せられ、至近距離ですごまれるもセシルは胡散臭《うさんくさ》そうにするだけだ。

「……つまり、オズワルド様は私とエロいことができないと半年も持たずに死ぬと？」

「い、い、か、たっ」

目を三角にするオズワルドを前に、ふうっと溜息《ためいき》を吐《つ》き、セシルは彼の手を丁寧に外して、回収したつむを足元の銀色の缶に押し込める。いつものように自分の師匠で、白魔導士村の長《おさ》でもある引き籠《こも》り導師・カーティスの元へと送付するためだ。

封印を施し、持っていこうとする彼女の前に立ち塞がると、オズワルドは再びごつん、と割と強めに彼女の額に自らの額を押し当てた。

「君は俺の婚約者で……恋人だ。なのにこの柔らかい肌や、細い首筋や……」

言いながら、彼はセシルの頬や首筋に人差し指を這《は》わせていく。ぞくりと彼女の身体を震えが走り、じわじわと熱を帯びていく。

「耳朶《じだ》や唇に」

ちゅっと音を立ててキスをする。見詰めるセシルの、琥珀《こはく》の瞳を覗き込んだままオズワルドが囁《ささや》くように告げた。

「触れられないなんて耐えられないという話だ」

「触れてるじゃないですか」

思わず半眼で返すセシルから顔を離し、オズワルドがふんと鼻を鳴らす。

「こんな軽い触れ合いでは満足できない」

言って、手を伸ばすとセシルの身体を抱きしめた。確かに……確かにセシルだって触れられれば身体が熱くなるし、こんな風に撫《な》でられるとじわりと身体の奥に、識《し》らない痛みが走ることがある。だがそれはオズワルドが言うようなどこか切迫したものとは程遠い。

それよりもむしろ、むず痒《がゆ》いような……腰の辺りがぞわぞわするような全く慣れない感触が襲ってくるのだ。

居心地がいいようで、居心地が悪い。

気付けば彼女は力一杯オズワルドを押しやり、やや赤くなった頬のままむーっと彼を睨みつけていた。

「軽い触れ合いで満足できないと言いますが、私は結構十分エロい触れられ方して羞恥心でおかしくなりそうなので、できればこの程度にとどめておいてもらえるとありがたいのですがッ」

こそばゆく、口の端を下げて訴えれば、目の前の金緑の瞳をした男が思いっ切り嫌そうな顔をする。

「嫌だ」

距離を取るセシルを追いかけるように手を伸ばすと、逃げる彼女を捕まえて、傍《そば》にあったベッドに引き倒した。

「君がエロい触れられ方が苦手だというのなら、それは完全に俺の怠慢だ」

うつ伏せに倒れるセシルの、まとめ髪から覗くうなじにそっと唇を寄せる。びくりと彼女の身体が震え、その様子に気を良くしたのか、再び口づけた。

「もっとこうした触れ合いを求めたくなるようにするのが俺の役目であり義務で」

「でも身体を繋《つな》げることはできないんですよ!? 繋げてしまったら私は昏倒《こんとう》待ったなしなんですから」

途端、ぱっとオズワルドがその身体を離した。

セシルの特殊な能力である、解呪・解毒は、相手の持つ呪いや邪気を自らの身体に吸収し分解するものだが、そのためには対象者との『接触』が必要になる。

一つはその手で触れて呪いを分解すること。二つは唇でもって邪気を吸い込み、体内で分解すること。最後は異性限定だが、身体を繋げて対象者の呪いを丸ごと受け取って分解することだ。

前回、オズワルドの邪気を「二つ分」吸収したセシルはものの見事に昏倒した。彼女自身はぐーすか寝てるだけだったが、自分のせいで一言もしゃべらない存在となったセシルを見たオズワルドは違った。

「まさか、これだけの触れ合いで俺の邪気を吸収しているというのか!?」

大急ぎで反転させられて、不安げな光が過《よぎ》るオズワルドの金緑の瞳に己の姿を映すことになった。

そんなことはない。

確かにキスをすると多少……彼から邪気を吸い取ることになるが、彼が現在患っている呪いの全てを引き受けることにはならないので、昏倒することはない。

そういった事態に陥ることがあるとすればそれは、オズワルドが耐えられないという、性行為をした場合だ。今のオズワルドの状態でそれを行えば、セシルは彼から受け取った呪いを分解するために全ての機能を停止して、ただただひたすら眠り続けることになるだろう。

前回彼の「二つ目」の呪いを引き受けた時と同じように。

「このままオズワルド様が理性のくびきを引きちぎって欲望に突っ走れば、いずれ私は昏倒するでしょうね」

ワザと曖昧な言い方でそう告げれば、うぐぐ、と謎の呻き声を上げた彼は軽い口づけをセシルに落としたのち、ぎこちない動作で彼女の身体の上からどいた。それから五歩ほどの距離を開けると、窓の方を向いて腰に手を当て、深々と、長い長い長ぁい溜息を吐いた。心なしか彼の肩が落ちている。

「…………俺は一体いつになったら好きに君に触れるんだ……」

(別に触るくらいなら問題はないんですけど……)

それでもまだ、彼に触れられるとどうしていいかわからなくなる。同じように深い溜息を零《こぼ》しながら、セシルは「そもそも」と呆《あき》れたように訴えた。

「オズワルド様は一足飛びなんですよ。いいですか？　私たちはまだお付き合いを始めたばかりです。まあ、必要があって先に一線を越えてしまいましたが、本来清い交際を続けている段階です」

「………………え？」

思わずオズワルドが振り返る。その驚いたような金緑の視線の先で、セシルが腕を組んでうんうんと頷《うなず》いていた。

「私達はまだ、デートすらしたことがありません。時期尚早です」

「…………………………ええ？」

「まずは『手を繋ぐ』から始めましょう」

ぐっと拳を握りしめて訴えるセシルを、しばらくじっと見詰めた後。

「それ……本気で言ってるのか？」

恐る恐る切り出されたオズワルドの台詞に、セシルはきりっとした顔で答える。

「当然です。本来、お付き合いというのはもっと初々しく二人で出かけることから始まり、そっと手を繋いだりベンチに並んで座ったり帰り際にちょっとほっぺにキスをしたりから始まるものです。いきなりキスして押し倒すとは何事ですか！　恥を知りなさい！」

堂々と胸を張って告げる。それからくるりと踵《きびす》を返し、そのまますたすたと部屋を横切って出ていくセシルの背中に、オズワルドは咄嗟《とっさ》に何も言えなかった。

ぱたりと閉まった扉の音ではっと我に返る。それからばったりとベッドに倒れ込んだ。

まさか……まさかまさかここにきて前進どころか物凄い距離の後退を余儀なくされるとは。

そしてふと思い当たる。手を繋ぐ、から始まる恋愛劇を自らが全く想像できないことに――……。

この恋、前途多難である。

# 1　失敗デート

まずは「手を繋《つな》ぐ」から始めましょう、というセシルの要件をクリアするためにできることは何なのか……オズワルドは必死に考えた。とにかく考えた。だが、はっきり言って思い至らない。

何故《なぜ》ならオズワルドが経験してきた「お付き合い」は向こうが勝手に寄ってきて、あれやこれやと注文を出し、それに応えるか退廃的に過ごすかしかなかったのである。

セシルが言うような「手を繋ぐ」を実行するにはどうしたらいいのか。しばらく悩み続け、結果、「そういうシチュエーションを作り出す」のが一番だと結論を出した。

そうしてうってつけの事案が持ち上がった。セシルが白魔導士村に薬草を取りに行きたいと言い出したのだ。

「俺も一緒に行く」

「え？」

「デートするぞ」

「……ええ？」

物凄《ものすご》く怪訝《けげん》な顔をするセシルに、夕食の席でそう訴えると、オズワルドは胸を張った。ちなみにセシルは婚約者兼主治医（？）としてフレイア公爵家に常駐している。

「君が俺達の関係は『手を繋ぐ』から始めるべきだとそう言うから、そうしようかなと」

堂々たるその物言いに、胡散臭《うさんくさ》そうな顔でスープを飲んでいたセシルだったが、何かに思い当たったらしくきらりとその琥珀《こはく》色の瞳が輝いた。

「……それなら私、村の隣にある『精霊の森』に行きたいのですが」

「精霊の森？」

目を瞬《しばたた》くオズワルドに、セシルが勢い込んで身を乗り出した。

「はい。そこは精霊王が暮らす森で、中にはこの世の物とは思えない、それはそれは美しい光景が広がっているんです。光る木々……薫り高い花々……清らかな水辺には光の精霊が戯れ、春夏秋冬、全ての季節はもちろん、空には朝、昼、夕方、晩と時間までもが同居しているというんです！」

うっとりした表情で訴えるセシルの様子に、オズワルドは心の隅が少し温かくなる気がした。

「それは……凄いな」

「はい！　とても凄いんです！　是非行ってみたいと思ってました！」

「白魔導士村の隣にあるのに行ったことがないのか？」

ふと疑問に思って尋ねれば、セシルがひらひらと手を振った。

「私は未熟だったので入る好機《チャンス》がなかったんです。でも」

行儀悪くテーブルの上で手を伸ばし、セシルはオズワルドの手首を掴《つか》んだ。キラキラした眼差《まなざ》しに彼の姿を映す。

「オズワルド様と一緒なら入れると思うんです！」

その確信に満ちた物言いとセシルの懇願するような雰囲気に惹《ひ》かれ、オズワルドはこほんと空々しい咳払《せきばら》いをした。続けて厳かに告げる。

「じゃあ、明日はそこに行ってみるか」

「はい、是非！　ちゃんと騎士の格好をしてきてください。私も白魔導士として正装をしますから」

ぐっと拳を握りしめて訴える彼女に、オズワルドは眉を寄せた。

「正装が必要なのか？　なんで？」

「それはもちろん……格調高い場所だからですよ！」

にこにこ笑うセシルの様子に、なんとなく……なんとなぁく嫌な予感を覚えるが、それでもオズワルドは彼女が望んだ場所に行けるのならと頷《うなず》き返した。楽しそうな様子に少し嬉《うれ》しくなったというのもある。

（デートか……）

一緒に出かけて何が楽しいのだろうか、とデートに対して懐疑的だったオズワルドだが、こんな風に相手が嬉しそうにしてくれるのならありだなと考える。それに、びっくり箱のような彼女と一緒なら絶対に飽きることはないだろう。

「わかったよ。じゃあ明日な」

思わず微笑《ほほえ》んで告げれば、彼女は嬉しそうに笑みを返す。これだけで幸せだなと、この時オズワルドは幸福の裡《うち》に考えていた。

本当に。

そう思っていたのだ。

翌日、精霊の森に足を踏み入れるまでは——……。

精霊の森に入るには準備が必要だと、二人はまずカーティスの屋敷を訪れた。そこで何やら準備をするセシルを横目に一体どんな場所なのかと応接間の本棚を眺めていたオズワルドは、戻ってきたセシルの様子に目を見張った。

正装をする、と言っていたが普段の格好とは違い、王城のパーティで見た時と同じ、白い衣装を着ている。

「さ、行きますよ！」

拳を握りしめてすたすた歩き出す彼女の、気合の入った様子に圧倒されながら、オズワルドは彼女と並んで歩くことを意識した。だが何故か彼女は速足でどんどん進んでいく。

彼女についていくような形で森に入ったオズワルドは、透き通ったガラスのような木々と七色の葉、柔らかな光を放つ薫り高い花々がそこここに咲き乱れる森に、人間の世界とは一線を画しているなと感心する。

ダイヤモンドのようにきらきらと光を弾《はじ》く小川が流れ、そこを乗り越えると季節が一変し、冷たい風の吹く、真っ白な銀世界が広がっていた。

春夏秋冬、朝昼晩、全てが混在するという言葉そのままに、空は気まぐれに朝や夜、夕方を繰り返し、雪の道を進んだ先には汗が噴き出す夏の空気が広がっていたりした。

だがセシルはというとわき目もふらず、一心不乱に歩いていくから。

「なぁ、なんだってそんな速足で歩いてるんだ？　これはデートなんだろ？」

三十分ほど我慢して歩いたのち、当初の目的である『手を繋ぐ』もクリアできていないオズワルドが、辛抱できずに小さな背中にそう尋ねれば、はっとしたようにセシルが足を止めた。

きょろきょろと周囲を見渡し、それからぱっと天を仰ぐ。

「……来ます」

オズワルドの質問に答えず、強張《こわば》った声がそう告げる。

「構えて！　すぐに来ます！」

一体何が？　と問い返そうとした、まさにその瞬間。

突如頭上から身体《からだ》を硬直させるような圧力《プレッシャー》が襲いかかり、ごうっと音が響いたかと思うと物凄い風圧が二人を直撃した。

咄嗟《とっさ》に両足で踏ん張り、通り抜けた空気の塊に呻《うめ》き声を漏らす。奥歯を噛《か》み締めて耐えながら、オズワルドは手を伸ばしてセシルの華奢《きゃしゃ》な身体を掴み抱き寄せた。二人を押しつぶそうとする風圧に耐えて、彼は必死に顔を上げる。

空を覆うように茂っていた木々が皆、意志あるもののようにぐにゃりと身体を曲げて、ぽっかりと丸い空間が開いている。

そこから覗《のぞ》いているのは、ヒトナラザルモノの巨大な瞳で。

「あ、あれは何だ、セシル・ローズウッド！」

人の身長より大きいサイズの瞳に、どこか爬虫類《はちゅう》を思わせる縦長の瞳孔は、炎と見まがうほどの金と朱《あか》。それを取り囲む眼球は金属を溶かしたような、マグマのうねりのような、灼熱《しゃくねつ》のオレンジだ。

巨大な生き物に、異様なまでのプレッシャーと本能が訴える恐怖が身を引かせようとする。だがそれを押しとどめるように、もぞ、と腕の中でセシルが身じろぐのを感じて、オズワルドははっと我に返った。

「あれは……精霊の森《このもり》に棲む幻獣、真紅《あか》の竜です」

かすれたセシルの声が名を告げるのと同時に、避けた木々の隙間から打ち振るわれる翼が見えた。太く頑丈な骨の間を、きらきらした赤い皮膜が覆っている。一つ打つ度に、金属の焼けるような匂いが周囲に漂い、この静謐《せいひつ》な森にトンデモナク似合っていない。

むしろ破壊者だろ、とオズワルドが喚《わめ》くより先に、セシルが興奮した声を上げた。

「真紅の竜はこの森の長《おさ》である精霊王の古き友人です。『彼』が姿を現してくれた……！　さすがです、オズワルド様！」

「はあ⁉　何がさすがなんだ⁉　ていうかあれは敵性生ぶ――」

身体に響く地鳴りと共に、真紅の竜が大地に降り立つ。木々が自主的に避けたためにできた空間で、翼を畳んだ竜がじっと、その両目にセシルとオズワルドを映した。

敵性生物……ではないと、オズワルドは反射的に悟った。何故かその瞳が理知的に、あるいは好奇心に輝くように見えたのだ。

ただ、かぱっと大きく開く竜の、恐らくは大人三人は丸呑《まるの》みできそうな真っ赤な口に、ただではここを通さないのだということが、骨の髄まで理解できた。

考えるより先に、聖騎士としての勘が身体を動かす。

腕に庇《かば》っていたセシルを抱えたままその場から横に飛びずさる。ワンテンポ遅れて、金色の炎が、二人が立っていた場所を襲った。

「ちっ」

舌打ちし、オズワルドはセシルを木の陰へと押しやると同時に腰から剣を抜いた。

「ここで戦闘してもいいのか!?」

ここは人の領域ではない。

「大丈夫です！」

間髪入れずにセシルが返す。

相対する真紅の竜は、こちらに敵意をもってはいなさそうなのに、何故か異様にヤル気満々なのが見て取れて、オズワルドは一戦交えないと終わらないことを瞬時に理解した。

というか、これは一体なんだ？

「耐えてください、オズワルド様ッ」

考える間もなく、再び竜の口から、真っ白な光が迸《ほとばし》る。反対側に飛んでかわす彼に、セシルが両手をかざすと防御陣《プロテクト》を発動させた。

澄んだ清水のような青白く輝く細い糸がオズワルドの身体を包み込んだ。

防御陣は何度か戦闘で白魔導士達が使うのをオズワルドは見たことがあった。

あるが……こんなに貧弱だったか⁉

「役に立つんだろうな、これ⁉」

思わず叫べば。

「攻撃を受けてから三秒は持ちます！」

「短っ！」

「これでもありったけの魔力を込めたんですよ！　三秒あれば真紅の竜に喉元に食らいつけるでしょう、第一聖騎士隊隊長殿！」

「こんな時だけ調子がいいな！」

再度、真紅の竜からの攻撃。ただ、口を開けて光熱を放つだけなので、さすがに三回目ともなるとオズワルドは楽にかわせる。

首が長い竜との間合いを詰めて、あの口が届かない場所《ふところ》へと飛び込めば動きを止められるだろう。

だがもちろん、そんなことは向こうも承知だ。連続して火炎を吐き出せない、体勢を整えないと吐き出せない、その二点が弱点のようだが、それを補うべく、今度は翼と両手足についた刃ほどもある爪を使った攻撃を仕掛けてくる。

「甘いッ」

叫び、あっさりと回避する。

真紅の竜は敏捷《びんしょう》性に欠ける。巨体故の重量がどうしても動作速度を鈍らせるのだ。縦に振り下ろすか横に薙《な》ぐかしか、攻撃性がないのも読みやすい。

魔獣のように変則的な動きをする連中を相手にしてきたオズワルドにしてみれば、圧倒的な存在感と、触れれば消し炭のようになる高温の一撃を回避すれば、さして怖い相手ではないと判断した。

ただどうしても懐にまで入り込まないと、近接戦闘者である自分の攻撃は届かない。

咄嗟にザックに援護を頼もうとして、現在自分しかいないことに気付く。

――というか。

「セシル・ローズウッド！」

オズワルドは何撃目かの真紅の竜からの攻撃をかわして、業を煮やした竜が両脚を踏ん張り、首をもたげるのを確認しながら叫んだ。

「これのどこがデートだ！」

まったくもってその通りだ。こんなデート聞いたことがない。

「紛れもなくデートなので、オズワルド様はできれば勝ってください」

言いながら、何故かセシルは木に登っている。あっちの枝、こっちの節に手を伸ばし足をかけ、死闘を演じる竜とオズワルドを他所《よそ》に高いところまで登り詰める。

「七英でしょ！」

「お前は七英を何だと思ってる！」

視線を竜に向けたまま喚き返し、オズワルドは奴が静止し、火炎を吐こうとするのを睨《にら》みつけた。

炎が持続するのは多分五秒程度だろう。セシルの防御陣《プロテクト》が持つのは三秒。

自分が走る速度と持続時間を考えれば、「それ」はぎりぎりの賭けだ。

「いいだろう」

貧弱な防御陣。援護はなし。

あるのは己の剣と、体力と。

七英という虚栄《プライド》。

真紅の竜の眼《まなこ》がすっと細くなり、大きな口が開く。それと同時にオズワルドは弾かれたように走り出した。

開いた口、喉の奥。青白い炎が渦を巻き、爆発的に膨れ上がるのが見える。

臆することなくそれに向かって駆け寄り、青から赤へと空気に触れて燃え上がり、真っ白になって吐き出されたその高温高圧の攻撃の中、三秒、耐えるべく走る。

(三……二……)

身体に纏《まと》わりつく防御陣が甲高い、割れるような悲鳴を上げる。

オズワルドの身体は既に、火炎に晒《さら》される中半分以上、竜の口の中に突っ込まれている。

火炎を吐き切り、顎を閉じられれば上半身と下半身がさよならするだろう。

その前に。

ぎり、と噛み締めすぎた奥歯が鳴った。

(一ッ!)

力一杯、彼は持っていた聖剣を真紅の竜の喉の奥へと突き立てた。

耳を劈《つんざ》く喚き声が周囲に響き渡り、竜が首を振り上げる。突き立てた剣を握りしめ、口の中にある、人体ほどの太さを持つ牙に、オズワルドは足をかけると蹴りつけた。そのまま剣を抜いて口の中から飛び出す。空中を舞い、やや焦げた前髪の向こうで、彼は会心の笑みを浮かべた。

「どうだ、セシル・ローズウッド！」

ちらと視線を樹上にやれば、彼女が枝の上にすっくと立ち、それから首を振る竜の背中へと飛び降りるところだった。

「なッ⁉」

ぎょっとするオズワルドを他所に、硬い鱗《うろこ》に覆われた暴れる竜の上にすたっと立つと、迷うことなくセシルは小山のような背中を走った。

一体何をする気なのか。

ゆっくりと回転する視界の中、セシルが竜の背中、翼の付け根まで走るとその場にしゃがみ込んで手をかざすのが見えた。だがそこから先は、落ちるオズワルドの視界から消え、慌てて身体を捻《ひね》ると衝撃を和らげるよう魔力を放って大地へと降り立った。

はっとして顔を上げれば、その場に臥《ふ》せった竜の背中から彼女が立ち上がるところだった。

「やりましたよ、オズワルド様！」

彼女は手に何かを持ったまま、はしゃいだ声を上げる。それから「えいっ」と竜の背中から飛び降り、くるりと真紅の竜に向き直った。

「セシルっ」

巨大すぎる竜と、ちんまい白魔導士。反射的に身体が動き、オズワルドが彼女を守るべく走り出す。

だが、彼の視界を再び占めたセシルはきらきら輝く何かを手に持ったまま、片膝を折ってしゃがみ込むようにして礼を取った。

（なんだ……？）

オズワルドの眉間に皺《しわ》が寄る。

確かに、あの巨竜と対峙《たいじ》した時、奴から魔獣のような凶悪な殺気や全てを破壊して回る衝動を感じなかった。闘う者として悟ったのは、知的好奇心のような、そんなものだった。

そこから考え得る結果は。

知らず、オズワルドの眉間の皺が、更に更に高くなる。ゆっくりと大股で歩いてセシルに近づくオズワルドの様子が、不機嫌な、理不尽な怒りに支配されていることなど露知らず、彼女は笑顔で巨竜に向き合っていた。

「セシルッ」

声を荒らげて彼女の名を呼べば、振り返った彼女が得意そうに手の中にあるものを見せてくれた。

「ああ、オズワルド様！　ご協力感謝いたします。こちらの精霊王のご友人も、イレギュラーだったのに出てきてくれて！　これはそのまま持って帰っていいっておっしゃってくれたんですよ！　あ、オズワルド様には聞こえないかもしれないのですが、なんでしたら魔力を足して一緒におしゃべりを」

「ちょっと待て」

伸びてきた彼女の手の、その手首を掴んで押し止める。こちらを見上げるまん丸な彼女の琥珀の瞳を見下ろし、彼は強張《こわば》った声で告げる。

「今の俺の、危険極まりない大立ち回りは、一体何のためだったのかな？」

ことさらゆっくりと告げられ、セシルがきょとんとする。

「この『鱗』を入手するための必要な試練ですね」

さらりと告げられたその単語に、オズワルドは苛立《いらだ》つ。

「…………試練？」

思ったよりもずっと不機嫌な声が出た。だが、セシルは気付くことなくにこにこと笑顔で続けた。

「はい。この精霊の森に入った時に、真紅の竜と対峙する試練をクリアできた者だけが、その証《あかし》である『鱗』を手に入れることができるんです。これは、とても貴重なもので、皆は自身の魔力を強化する魔法道具に加工して持っていたりするんですが、私はそういった道具はあまり必要ないので、試験薬の素材にするか、もしくはもっと効果的」

「ちょっと待て」

もが、と久々に口を塞がれて、セシルが目を瞬く。その彼女の琥珀を見下ろして、オズワルドが強張った表情で告げた。

「つまりお前は、新しく作る薬の素材を入手するために、俺を騙《だま》してこの森に連れてきたってことか？」

デートではなく。

オズワルドと恋人同士、楽しく過ごすためでなく。

ただ単に、一人では入手できない素材を手っ取り早く採取するために、戦闘要員として連れてきたと……そういうことか？

無言で睨みつけるオズワルドに、むっとセシルが顔をしかめる。

彼の手首を掴んで唇から掌《てのひら》を引き離し、セシルは一歩後ろに下がると腰に手を当てた。

「何が不満なんですか？　この森は精霊王の住処《すみか》で、受け入れた者に害を及ぼすことはありません。真紅の竜だって精霊王のご友人です。命を取るような真似《まね》はしませんせん。確かに恐ろしくはありますが、あの光熱の炎だって、本当はほぼ見せかけで、喰《く》らっても衣服が焼け落ちて素っ裸になるくらいで実害はありませんよ」

「素っ裸は実害だ！」

「別に問題ないですよぅ……」

「大問題だ、この馬鹿！　ていうか違う！　俺が言いたいのはそういうことじゃなくて」

「先ほどのオズワルド様の竜への攻撃についてでしたら、この精霊の森の特性で、喉に小骨が引っかかったくらいの傷で済んでますので、そちらを心配されているのなら問題なしです」

「違う！　俺が言いたいのはお前にとって俺はその程度なのかということだ！」

わあん、と。オズワルドの絶叫が静かな森の中に木霊《こだま》する。え？　と目を見開くセシルの目の前で、オズワルドが肩で息をしながら、それから呆《あき》れたように、諦めたように、小さく短く笑った。

その自嘲気味な笑い方が気に入らなかったのか、セシルが唇をゆがめる。

「その程度ってどういうことでしょうか」

くっきりと眉間に皺を寄せたセシルが低い声で尋ねる。それに、一旦気を落ち着かせるように前髪を掻《か》き上げ、渋面で眼を閉じたオズワルドが「そのままの意味だ」と低く唸るように告げた。

「さっきも言ったが、結局お前にとって俺は、貴重な素材を集めるために体よく使える護衛か前衛か、そんなところなんだろう、っていう話だ」

素っ気ない、苦い思いが混じる口調に、セシルはぐっと言葉に詰まる。そんな彼女のゆがんだ表情に気付かずに、オズワルドは吐き捨てるように続けた。

「そもそもお前にとって俺はどんな存在だ？　患者？　実験台？　依頼人？　護衛？　お前の中で俺は、ちゃんと恋人とか婚約者とか未来の伴侶とか、そういうカテゴリーにあるか？」

正面切って問えば、セシルがぎょっと目を見開き、それから視線を逸《そ》らすのが見えた。苦いものが腹の奥からこみ上げてきて、それを吐き出すべくオズワルドが答えた。

「……なるほどな、セシル・ローズウッド。君にとって俺は、単なる物珍しい実験台ってことか」

「違います！」

思わず声を荒らげるセシルに、オズワルドの冷たい金緑の瞳が向く。

「何が違う？」

「…………今回のことは確かに……私の説明不足でした。それは認めます。でも、この真紅の竜の鱗は本当に貴重なもので、オズワルド様の現状を回復するのに効果的かもしれなくて」

「じゃあなんでそれを俺に説明しなかった？　ていうか、俺はデートに行くんだと言ったはずだが？　それがどうして素材集めになるんだ？」

畳みかけるようにオズワルドに言われ、セシルがぐっと口の端を下げる。そのまま彼女はやけっぱちのように喚いた。

「別に素材集めがデートだって問題ないじゃないですか！　ていうかオズワルド様はむしろ何を望まれていたんですか!?　そちらがそんな風に私のプランをけなすんなら、最初からオズワルド様がここで何がしたいのかはっきり提案してくれればよかったじゃないですか！　それをまるで私が悪いみたいに！」

「普通『デート』だといったら、何かこうロマンチックなものを期待するだろう!?　それが竜との戦闘だなんて聞いたことないぞ！」

「それはオズワルド様の常識が古いだけですぅ。私はこれがれっきとしたデートだと思ってますし、それに、あの竜に出会えるのはほんの一握り――」

「ああ、もういいいっ！」

平行線を辿《たど》りそうな口論にオズワルドが終止符を打つ。それから腰に手を当てて、体中の空気を吐き出すように重々しい溜息を吐いた。

「…………わかった。これがお前のいうデートで、鱗が貴重なもので、それが何らかの役に立つのは理解した。けど――」

そこで不意に大地が揺れ、金属をこすり合わせたような音を立てて近くに伏していた竜が起き上がる。セシルを庇って腕を上げるオズワルドの、その肩に触れ、彼女はこちらを見下ろす竜の理性的な眼差しに真摯な眼差しを返した。

「ありがとうございました！」

大声で告げると、ほんの数秒、彼らに視線を落としたのち、竜は後ろ脚にぐっと力を込めると力強い羽ばたきで空へと舞い上がった。突風が二人の身体を攫《さら》う。

ゆうゆうと不思議な色合いの空を飛んでいく真紅の竜を見送り、それからセシルがふうっと息を吐いた。

「さ、これで用事は済みました。この森は元来安全な場所なんです。だからここからは好きに散策を」

「ストップ」

そんなセシルの言葉を遮り、オズワルドがどこか何か……痛むような傷ついたような、何とも言えない顔でセシルを見た。

「君の言う散策は……素材集めの延長だろう」

苦々しく告げられたそれに、セシルが言葉に詰まる。今度はオズワルドの方が溜息を吐く番だった。

開いた扇のような大きさがある鱗二枚をぎゅっと掴んだセシルの頭にぽんぽんと手を乗せ、顔を上げるセシルとオズワルドの視線は合わず、すれ違っていく。

「悪いが……一人で集めてくれ」

大股で去っていくオズワルドの背中を慌てて振り返るが、セシルは動けなかった。

ざわっと風が吹き、再び訪れた精霊の森特有の静寂。不思議なきらめきを放ちながら、赤や黄色、橙《だいだい》色の落ち葉がはらはらと舞い落ちていく。

しばらくその沈黙の中に立ち尽くし、やがて彼女はしょんぼりと肩を落とした。

デートに行こうと言われて咄嗟に思いついたのがこの森のことだった。一人では入れない場所に一緒に行ってくれたら入れるかもしれないとそう思ったのだ。だがそれがオズワルドの言うように『恋人達がお互いの絆《きずな》を深め合う行為』に該当するかというと……貧弱な知識しかないセシルでも答えは「いいえ」だとわかる、自分の利益しか追求していない行為だ。

ただセシルはずっとこの場所に憧れていた。憧れの場所に二人で出かけるのはデートとイコールになる。……理由さえきちんと話していれば。じゃないと彼が感じたように「単なる護衛」になってしまうだろう。

でも……説明したらますます自分が落ちこぼれなんだと証明するようなもので。

「……やっぱり私は落ちこぼれだってことを、最初からちゃんと認識してなくちゃいけなかったんですね。それをきちんと認めたうえで、もしかしたらできるかもしれないから手を貸してほしいってお願いすればよかったんだ」

でも……『そう』と認めるのは……自分には本当に『白魔導士としての才能』がないのだと自ら認めてそう告げるのは。

もうだいぶ経《た》って、慣れているとはいえ……やっぱりつらい。

手元にある本体を離れて七色に輝く、扇のような鱗を見詰めてセシルは嘆息した。

「……ま、でもせっかくここまで来たんだから、素材は集めたいですよね、うん」

転んでもただでは起きないのがセシル・ローズウッドなのである。

★
☆
★

午前中に意見の相違によってセシルと別れ、頭を冷やすべく村の中を歩き回ったオズワルドは、昼過ぎに白魔導士村の食堂に立ち寄った。

確かに自分も悪かったと、素朴な鶏《とり》と蕪《かぶ》の煮込み料理を前に反省する。彼女がそこに行って、素材集めがしたいというのならそれを尊重すればよかっただけだ。自分の理想を押しつけて怒るなんて、尻の青い男がやることだ。

もっと度量の広い人物になろうと反省しつつ、でもセシル相手だとどうもうまくいかないのは何故なのかと自問自答しつつ、荷物の置いてあるカーティスの屋敷に戻ったオズワルドはいまだ戻らないセシルに溜息を吐いた。謝ろうと身構えていただけに拍子抜けし、仕方なく図書室へ向かう。

一か月前の暴虐の魔女事件で、七英の一人であり、魔獣討伐戦では巨大な防御陣を敷いて多くの隊士を護《まも》った白魔導士のローレライが魔女・オルテンシアだったことから、事件に対処した第一聖騎士隊の精神的ショックを慮《おもんぱか》り、彼らの他に第一黒魔導士隊、第一白魔導士隊が休暇扱いになっていた。

加えて魔獣達の動きが比較的落ち着いていることもあって、オズワルド自身、登城しなくてはいけない仕事もほとんどなかった。

ならばこれを機にと、自らが持つ「退魔の力」の由来や、獣の魔獣化の原理、魔女とは一体何者なのかを探るべく、暇を見つけては歴史書や専門書を読んで過ごしていたのだ。

その他にもセシルが持つ「解呪・解毒」の力にも興味があったし。

そうして時間ならあると、一人本を読んでいるうちに、石壁を細い長方形型にくりぬいた窓の外が真っ赤な夕日に染まっていることに気付き、オズワルドは仰天した。

いくら素材集めに情熱を傾け、飽くなき探求心の持ち主・セシルとはいえ遅すぎはしないか？

（そういえば……今日の分のつむの治療も終わっていない）

そもそもセシル自身が体内に取り込んだ呪いを解くための大量の栄養摂取は終わっているのだろうか。

（……もしかして帰ってきてるのか？　実家に戻ったとか？）

あり得る。あんな風に喧嘩《けんか》別れしたオズワルドと顔を合わせるのを、どこかほんの少し……気まずく思っているのかもしれない。

ぱたり、と分厚い本を閉じ、オズワルドは一向に姿を見せないカーティスを気にする風でもなく、彼の屋敷から外へと出た。日が傾いてきたせいで、肌寒さが増している。昼間とは違い、きんと冷えていく空気の中、オズワルドはセシルの実家がある村の中心付近を目指して歩いていった。そして、村の外れにあるカーティスの屋敷へと通じる小道を、一人の人間が歩いてくるのに目を留めた。

急速に光が失せ、空が深い青に染まっていく。そんな中、西から直撃する赤と金色の光にその隊服が光り輝いている。

青と白と金。

（あれは……）

見紛《みまが》うはずもない、聖騎士隊の隊服だ。向こうもラフな格好で歩いてくるオズワルドに気付いたのか顔を上げ、夕日の中を進む存在が誰なのかを認めて目を見張った。

「クリーヴァ隊長」

オレンジ色の光の中、彼の赤毛が更に深く色づく。遠くからいい笑顔で手を振るのは第二聖騎士隊隊長ジャスティン・マーチだ。

「マーチ。……なんでここに？」

自分と同年代の、優しげで、そしてやや気弱そうな困り顔が特徴的なジャスティンが周囲を見渡す。

「ちょっと治療をお願いしに白魔導士村まで来たのですが、該当の人物が御在宅ではなくて。この先の白魔導士村の長の、あの有名なカーティス導師のところにいますと、教えられて」

にこにこ笑うと周囲に花が飛ぶような、能天気な彼の様子に、オズワルドはなんとなく嫌な予感がした。白魔導士村の師匠達は、弟子を取っている。白魔導士の学園に通うほぼ全ての生徒が、師事する師匠がいるのだ。

そしてこの先にあるカーティスが取っている弟子は一人だけ。

「……セシルに用があるのか？」

先回りをするように尋ねると、ジャスティンが驚いたように目を見張った。

「そうです、そうです、セシル・ローズウッドさん。ああ、ではクリーヴァ隊長も彼女に治療を？なんでも解呪・解毒に特化した方なんですよね？」

言いながら、彼は大型犬のようにそわそわしながらオズワルドの向こうを眺める。

「いらっしゃいます？」

「いない」

間髪入れずに答えすぎた。オズワルドの即答に、ジャスティンが目をぱちくりさせる。

「いないんですか？　それは出かけている？　往診にでも出てるのかなぁ」

最後は独り言になっている。それでも通りの向こうをちらちらと見やるジャスティンの様子に、オズワルドは腕を組むと、その視線を塞ぐように胸を張って小道に立った。

「彼女に何の用だ？　見たところ呪われてそうにも見えないが？」

真正面の光に目を細め、上から下までジャスティンを見やったオズワルドの台詞《せりふ》に、彼はほわほわした表情を引き締めた。

「黒魔術や人や魔物、精霊などが使うような呪いにかかっているわけではないと思うんです。それらしい特徴が表れていないから。でも……俺は絶対に呪われてると思うんですよね」

真剣な表情で告げるジャスティンの様子に、オズワルドが片眉を上げる。

「というと？」

周囲に誰もない、黄昏《たそがれ》時の村外れ。にもかかわらず、ジャスティンは周囲を見渡し、一歩前に出ると口の辺りに片手を添えて、「大きな声じゃ言えないのですが」と真剣な表情で告げた。

「なんだ」

「実は俺……勃起《ぼっき》不全になりまして」

「帰れッ！」

「え？　いや、でも多分呪いだと思うんですよ。じゃないと説明がつかないんですよ！　あんなに元気いっぱいだったのにどうし」

「か、え、れえええええ！」

「待って、俺は真剣に悩んでるんですよ!?　それを否定する権利はクリーヴァ隊長にだってない！」

「お前みたいな頭のネジが飛んでるとしか思えない人間をセシルに近づけられるか！　いいからとっとと帰って、娼館《しょうかん》でもどこでも行って色んな技を試してもらえ！」

「もう既に試しました！　王都一の超美人の高級娼婦さんや、それこそ閨《ねや》指導で名うての某子爵夫人にも、医者にもかかりました！　でもどんな技巧にも俺の俺は元気になってくれなくて」

「知るか！　ならもう諦めて僧侶にでもなれ！」

「酷《ひど》い！　他人事《ひとごと》だと思って！　これは呪いです、解呪しないと！」

「うるさい黙れ、他の白魔導士を当たれ！」

沈みゆく夕日の中、二人、影になって喧々諤々《けんけんがくがく》と言い合うも、「ひきませぬ……ひきませぬぞ、クリーヴァ隊長おおお」という腰に抱き着いて重しのように全体重をかけてタコのごとく絡みつくジャスティンを振り払えず、結局――。


「セシルがいない？」

ほわほわ花を飛ばし、にこにこ笑うジャスティンを従えたオズワルドが、カーティスに「セシルの不在」を訴えた。

彼は、その薄氷の視線を二人に投げると考え込むようにすっと細めた。

「……貴殿と精霊の森に行って……弟子だけが帰ってこないと？」

「……そうです」

きゅ、と形のいい眉を寄せたカーティスが、薄すぎて切れそうな眼差しでオズワルドを貫く。

「一緒に帰ってこなかったのか？」

冷たすぎる一言に、オズワルドが奥歯を噛み締めた。

「それは俺が先に精霊の森から戻ってきたからです。でも暗くなる前には彼女も戻ってくると思ったのですが……」

あの森自体に危ないところはないとセシルは豪語していた。だから行方不明になるとは思わなかったのだ。だがカーティスは違ったらしい。何やら深い溜息を吐いている。

「では、貴殿一人が、精霊の森から戻ってきたということだな？」

「？　ええ、まぁ」

なんとなく嫌な予感を覚え、歯切れの悪くなるオズワルドの答えに、カーティスが淡々と答える。

「ならセシルはいまだ、精霊の森にいるだろうな」

「何故です？」

怪訝そうな……なのにどこか不安そうなオズワルドをひたりと凍れる瞳に映し、カーティスは事実を述べるように告げた。

「出られないからだ」

「……出られない？」

「そうだ」

「……でも……なんで？」

詰め寄るオズワルドの心配の滲《にじ》んだ熱心な様子とは対照的に、カーティスは全身から『怠《だる》い』というオーラを散見させ、呻くように告げた。

「それは…………………………いちいち説明するのがめんどくさい」

ふっとカーティスの視線が、二人の様子を面白がるように見ていたジャスティンに向かう。

「そちらの騎士殿、少し下がってもらえるか？　そう、扉の近くまで」

言われた通りに戸口に下がる彼を見て、カーティスは引き出しの中から一本の瓶を取り出した。それはランプの明かりに怪しく、血のように赤く光り輝いている。

「これは部屋や物、樹木草花、この世に存在するありとあらゆるものが辿ってきた時間を具現化できる魔法薬だ。ヒトでいうところの過去の記憶を見ることができる」

カーティスが古語による呪文を唱えながら、やや腰の引けたオズワルドを横目に更に立ち上がると本棚に向かい、そこから一冊の本を抜き取った。数滴ほど、瓶の中身を表紙にかけ、ほわりと光るのを確認した後、彼はくるりとオズワルドに向き直った。

「これを応用した薬をセシルには渡したが……果たして彼女は使っていないようだな」

え？　と目を見張るオズワルドを他所に、カーティスはおもむろに薬の中身を彼にぶちまけた。

瞬間、硬直したオズワルドが次の間には唐突に意識を消失し、ばたーんとその場に倒れ込む。そのあまりの勢いに、ジャスティンが慌てて彼に駆け寄った。

「だ、大丈夫なのですか、クリーヴァ隊長は」

おろおろしながら床にしゃがみ込み、厳《いか》めしい顔で眠り続けるオズワルドの様子にそう尋ねれば、カーティスはふん、と鼻で笑うとあっさり彼らに背を向けた。

「起きた時に身体が強張っているくらいで、あとは特に問題ない」

さっさと椅子に座って、再び書類をめくり始めるカーティスに、ジャスティンは床に腰を下ろす。

沈黙ののち、「あの～」とジャスティンが不安そうに再び声をかけた。

「彼はいつ目を覚まされるのですか？　その間にセシル・ローズウッドさんは戻ってくるのでしょうか？」

「いつ目覚めるかはわからないし、彼が行かなければセシルは精霊の森から抜け出せないだろうな」

「え？」

ぎょっとするジャスティンを、不意にカーティスが振り返った。じっとその、薄氷の視線が上から下まで、ジャスティンを値踏みする。それからふむと、短く唸った。

「だが……そうだな、君が行けば抜けられるかもしれないな」

その言葉に、ジャスティンはにっと人好きのする笑みを浮かべた。

「どうすればセシルさんが戻ってくるのか、教えていただけませんか？」

## 2　デートの終わりに始まる契約

（気付いてくれるかな……）

長年の夢であった精霊の森の内部をあちこち見て回りながらも、セシルはどこか上の空だった。不思議な草木や花々、七色に煌《きら》めいて流れる小川。ずっと昼の青空かと思ったら、ある一点から黄昏時《たそがれ》の空に変わり、更に進むと夜になる。戻れば空の色も戻る。

外の世界と同様の時間が流れているわけではなさそうなそこを、行きつ戻りつしながら、それでもセシルの心は晴れなかった。

せっかくこの森に入れたのだから、時間いっぱい散策するのが正しいだろう。だが、酷《ひど》く足が重くなり、いつの間にか大きな木の根元に座り込んでいた。

見上げた空は昼と夜の間の夕暮れで、金色の光に紅葉した木々の葉が多様な赤に輝いている。

（あれから何時間経《た》ったんだろ……）

ぼんやりと胸に抱いていた竜の鱗《うろこ》に視線を落とす。西日を受けて不思議な色に輝くそれが、どういうわけか希少なものに見えなかった。それどころかやたらと重く感じられる。

その理由に気付いて、セシルは身体《からだ》中の空気が抜けてしまいそうなほど、深く息を吐いた。そのまま立てた膝に顔を埋める。

（ほんと……自分が嫌になる……）

知らず、オズワルドと別れた場面へと彼女の思考が流れていった。もう何度もループするその映像。確かに。確かにちゃんと……話をすればよかった。事情を話せばよかっただけのことなのだ。だがそれができなかった。

「克服したと思ったんだけどな……」

自分の中にわだかまる、『落ちこぼれ』という称号。

別に気にしていたわけではなかったが、オズワルドを前にした時どうしても……言えなかった。それはセシルのプライドだったのか、見栄だったのか。

「見栄だよなぁ……」

再び重苦しい溜息《ためいき》を吐《つ》いて、セシルは目を閉じた。作戦は成功した。こうして竜の鱗をゲットすることができた。その代わりに自分が抱えているコンプレックスをもう一度確認する羽目になるなんて。しかも、置いていかれたので自分でここを出ていくことすらかなわない。

そう。

結局は「オズワルドの手を借りて得た」成果なのだ。

う～っと呻《うめ》き声を漏らし、どうやってオズワルドに謝ろうかと考える。彼が離れていくのでは、と脳裏を嫌な予感が過《よぎ》るが、彼の体調は自分が握っているのだからそう簡単に離れられないだろうと結論付ける。

いっそ彼の記憶を一時的に消す薬でも生成しようか。未知の素材ならこの辺りにたくさんありそうだし……。

そんな現実逃避のようなことを考えていると。

「見つけた！」

「！」

風のざわめきに似た精霊の声とは違う、人間の声。ぱっと膝から顔を上げたセシルは、そこにいた人物に目を丸くした。

「あ……あなたは？」

小走りに駆け寄り、座るセシルの前に、膝をついて腰を落としたのはオズワルドに引けを取らない、これまたイケメンの青年だった。

くせっ毛らしく、少しふわふわした赤毛に眉と目じりの垂れた彼は、端正な顔立ちなのにどこか人懐っこい大型犬みたいな雰囲気を醸し出している。精悍《せいかん》な身体つきと、青と白の隊服は間違いなく聖騎士隊のものだ。

「俺は第二聖騎士隊隊長、ジャスティン・マーチといいます」

「……どうも」

状況が掴《つか》めず、とりあえず軽く頭を下げる。途端、彼の手がぱっとセシルの手をとらえてぎゅっと握りしめた。

「ずっと探してました、ミス・ローズウッド。是非、あなたにご相談したいことがありまして」

「……相談、ですか？　そのためにわざわざここまで……？　ていうか、森に入った時点で竜と戦闘になりませんでしたか⁉」

「なりましたけど、問題ありませんでした」

慌てて問い返せば、彼は周囲に花を飛ばしそうなにこにこの笑顔のままあっさり告げる。

なんと……！　さすが聖騎士隊。

普通の騎士団とはわけが違うんだなと、セシルが目を丸くする。そんな彼女をじっと見詰めたまま、おもむろにジャスティンが顔を近寄せた。

「そうなんです、ミス・ローズウッド。竜を倒してあなたをこの森に探しにくるくらい、俺は困っているんです」

先ほどもそう言っていた。

「困っているとは……？」

「はい。実はですね」

彼はセシルの手を離すとゆっくりと立ち上がり、腰に両手を当てて堂々と胸を張り、力強く言い切った。

「俺の股間を診てほしいんですっ！」

★☆★

「気が付いたか」

はっと目を開けたオズワルドが飛び起きる。途端、身体を鈍痛が走り、思わず呻き声が漏れた。肩や首の辺りを撫《な》でながら、目覚めた自分を一瞥《いちべつ》しただけでくるりと踵《きびす》を返してさっさと席に戻るカーティスを苦々しく見やる。

彼のお陰で知ることができた。だから文句は言わないし、そんなことよりもセシルを迎えに行かなくてはならない。

「……あの……ありがとうございました……色々」

彼女の何もかもを知っていそうな相手に謝辞を述べるのは、自分が負けたようで悔しいが、それでも自分は肩書もある大人なのだからと歯を食いしばって告げ、そろそろと立ち上がる。そのまま屋敷を出ていこうとして。

「セシルなら貴殿と一緒に来たあの騎士が迎えに行った」

衝撃的な発言を聞いて、オズワルドの全身が凍りついた。

「は？」

ぎぎぃっと軋《きし》んだ音がしそうな動きでカーティスを見れば、彼は机に向かったままこちらを振り返りもせずに淡々と答えた。

「セシルなら貴殿と一緒に来たあの騎士が迎えに行った」

一言一句たがわぬその台詞《せりふ》に、次の瞬間オズワルドは無言で屋敷を飛び出し、三秒後には全力疾走をしていた。体力に自信はないが、何としてもセシルの元に行かねばならない。

あの森は入れる人間が限定されていて、それは出る時にも作用する。だからオズワルドが迎えに行かなければセシルは森から出られない。それはわかった。

ジャスティンは自分とはタイプこそ違えど、第二聖騎士隊の隊長を務める腕前だ。聖騎士隊は第一から第四まで部隊があり、一部隊が大体三百人ほどだ。騎士団の中でも選《え》りすぐりの精鋭が所属しているため、どの隊も実力差はあまりない。

ただ七英の一人であるオズワルドが率いる第一隊が割と大変な任務に送られることが多いだけで、あとは休暇などのローテーションを考えてどこにでも配置されている。

その第二隊を任されるジャスティンの実力なら、精霊の森の試練を難なくクリアできるだろう。

空は真っ暗で、オズワルドが持っているランタンの明かりが生い茂る木々の影を濃くしている。丸く照らされた道を急ぎながら、下半身の問題をあっけらかんと話して治療を頼むような相手とセシルが二人きりでいるという事実に気が気でない。

何かあるとは思わないが、なにせジャスティンはご婦人方に人気がある。自分とは正反対に明るくフレンドリーなため、本気にとらえた女性達のハートを壊す常習犯でもある。更にそれが意図的ではないから始末に負えない。

セシルがそれに引っかかるとは思わないが、彼女の口から治療とはいえ「勃起不全《ぼっき》」という単語が飛び出してきて、それを耳にするのは自分だけじゃないなんて許せそうもない……という謎の独占欲を発揮しながら、彼は見えてきた森へと突入する。

一度対決しているので竜は現れず、少し進むと真っ暗な夜の森に唐突に昼が訪れた。煌めく日差しと七色に輝く草木。不思議な色味の小川などを越えると、今度は空が徐々に暮れていき。

昼と夜の境目辺り。オレンジ色に燃える夕空と、金色の光の下、大木を背に立つ栗《くり》色の髪の彼女を見つけて、オズワルドは声を上げた。

「セシル！」

★☆★
股間を診てくれ、と言われて立ち上がったジャスティンの、その腰から下が真っ黒な霧に覆われていてセシルは驚いた。そこにあるのは、オズワルドにかけられているような言葉の鎖ではない。ただもやもやとした黒い霧に覆われているのだ。

「ほほう」

腕を組み、顎を親指と人差し指で挟んだ状態でセシルは眉間に皺《しわ》を寄せた。

「これはまた……奇怪な呪いですね」

「やっぱり呪いですか！」

ジャスティンが安堵《あんど》と不安が入り混じった声を上げる。セシルは立ち上がると、くるりと彼の周りを一周してみた。

黒い霧は彼の腰から膝の上を、まるでスカートのように取り囲み、ぐるぐると渦を巻いていた。目を凝らし、どこかに文字が見えないかと探してみるが、やはりそれらしいものは見当たらない。

「変わった呪いですね……誰にかけられたのか、心当たりはないのですか？」

股間から視線を上げて尋ねれば、唇を引き結んだジャスティンが眉間に皺を寄せて天を仰ぎ、うむむ、と唸《うな》る。

「それが全く……ここ最近は任務が忙しくて自分のムスコが使えるか使えないかなんて考えたことがなかったので」

「そうですか……こういったデリケートな部分に、ダイレクトに機能障害を起こさせる呪い……こんなのは、はっきり言って痴情の縺《もつ》れ以外考えられないのですが、直近でよくない別れ方、遺恨を残す行為等をした覚えはないのですか？」

「うううううう～ん」

更に眉間の山脈を高くして、ジャスティンが本気で考え込む。とうとう頭を抱えてしゃがみ込んでしまった彼を、包むように黒い霧が広がり、セシルはすっと目を細めた。

もしかしてこれは……呪いは呪いでも、もっと自覚していないものなのではないだろうか。

(そう……例えば呪詛《じゅそ》するような悪態や罵詈雑言《ばりぞうごん》ではなくて……もっと……)

更に確認しようと近寄った瞬間。

「セシル！」

森の静寂を切り裂いて、聞きたかったような聞きたくなかったような声が名前を呼んだ。

はっとして振り返ると、髪も服も乱れたオズワルドがずかずかと近寄ってくるのが見えた。

「オズワルド様……」

くっきり眉間に皺が寄っているが、それはまあ、いつものことなのですっかり見慣れてしまっていて、特に感慨もない。苛立《いらだ》たしげに歩いてくるのも問答無用で手首を引っ張られるのもオズワルドらしすぎる振る舞いだ。

なので彼の現状を「普通」と判定し、竜退治を黙っていたことを謝ろうとした。

だが。

「!?」

そのままぎゅっと抱きしめられて、セシルは目を白黒させる。

「え!? オ、オズワルド様!?」

思わず彼の胸に手をついて押し返そうとするが、彼は腕をほどくどころかますますきつく抱きしめてくる。森を出ていく時、彼は激怒していた。セシルの言動を許容できないとそう告げて帰っていった。それがどうしてこうなっている?

「あ……あの?」

そこでハタと気が付いた。

(も、もしかして具合が悪いのかしら!? はっ! そうだ! 今日は治療がまだだった!)

「大丈夫ですか、オズワルド様! 今すぐ即効性のあるお薬を処方しますから。ジャスティンさん、その辺の草むらから葉っぱの先端がぎざぎざで、白い釣り鐘状の花が咲いた植物があるはずなので、その白い花を三十個集めて煮出してその汁をオズワルド様の鼻に――」

「鼻からどうしようっていうんだよ、お前は!」

体を引き離したオズワルドがべしり、とセシルの額を叩《たた》く。あう、と呻き声を上げたセシルが、やや自由になった手を上げた。

そのまま彼の眼《め》のふちを引き下げる。

「乗っ取られてませんね、大丈夫ですか？　聞こえてますか？　あなたのお名前は!?」

「いちいちその確認方法をとらんでいい！　ていうか、お前はどうしてこう……」

セシルの肩に両手を置いたオズワルドが、がっくりと肩を落として溜息を吐く。その様子にセシルが心持ち胸を張った。

「今日の治療がまだだったなと思いまして」

「だったら……さっさと帰ってこい」

「無理ですよ、オズワルド様に置いていかれたら私は出られません」

やや口を尖《とが》らせて告げれば、オズワルドがふとその表情を改めた。

「だったら最初からちゃんと、あの森には俺と一緒じゃないと入れないし出られないんだと説明しろ」

酷く静かに言われ、ぎくりとする。そっと窺《うかが》うように彼を見上げれば、オズワルドは間の悪そうな、苦い物を噛《か》み潰したような顔でセシルを見下ろしていた。

その金緑の瞳が、だがかすかな炎を宿して彼女を映している。

謝るなら今だと、そう思う。ちゃんと目的を話せ、とそう言われた今こそ、ごめんなさい、という絶好のチャンスだ。だが、セシルが口を開くより先に、オズワルドが左手をセシルの腰に、右手を後頭部にそっと伸ばして引き寄せる。そのまま耳の後ろを撫でながら顔を近寄せてくるから。

「何しようとしてるんですか!?」

思わず彼の唇に掌《てのひら》を押し当てる。

かまわずオズワルドはセシルにぐいぐいと身体を寄せてくる。

「ひ、ひとまえですよ！」

「ひふは《知るか》」

「絶ッ対乗っ取られてますって、しっかりしてくださいオズワルド様っ」

反射的に彼の唇から離した手で流れるようにばちこん、と彼の額にデコピンを食らわせるから。

しゃがみ込んだオズワルドが痛みに悶絶《もんぜつ》する。

「セシル・ローズウッドオおおおお」

地獄の蓋が開いて、そこから溢《あふ》れ出る怨嗟《えんさ》のごとき声に、三歩、セシルが後退《あとずさ》る。

とにかく今こそ胸の中のもやもやを吐き出す時だ。

「この度は誠に申し訳ありませんでした、最初から竜と戦闘になると申し上げておけばよかったです、ごめんなさい。でもオズワルド様ももっと明確に、デートなんかしたことのない私に配慮して、こういうことがしたいんだ、というリストをくだされば私側としてもしっかり予習したうえで対策を講じたんですよ、本当に」

「何をどう誰に配慮して予習するつもりだった――……いや、いい、聞きたくない！　それに、デートに関してはまたリベンジする」

「へ？」

二度と一緒に出かけたくないとか、セシルとのイベント事には参加したくないとか、ありとあらゆる陰謀を警戒しなければいけないような相手と過ごせるか、と喚《わめ》かれる覚悟をしていただけに、この台詞には驚いてしまう。

　思わず目を丸くしてオズワルドを見詰めていると、ちらと視線を寄越した彼が隙をつくようにセシルの頬にキスを落とした。

「!?」

「とりあえず、今日はもう帰ろう」

　セシルの手を取って歩き出すオズワルドの意に反して、セシルが足を踏ん張った。

「いえ、まだ終わってません。ジャスティンさんの治療が」

「そうです！　俺の治療はどうなるんですか！」

　ほぼ空気と化して二人のやり取りを眺めていたジャスティンが、ここぞとばかりに声を荒らげる。

「こちらはこちらで死活問題なんですから！　女性を宿に連れ込むだけで喜ばれるクリーヴァ隊長がデートプランを立てられるのかどうなのか、宿舎で賭けをしたいところですが、あいにくそれどころではなくて、俺は女性を宿に連れていっても絶対喜ばれないこの呪いを何とか解いていただかないと困るんですよ、マジで！」

「そうなんです、このままではジャスティンさんの大切なムスコサンが腐って取れるかもしれなくてですね」

「衝撃的事実！」

　がーんと青ざめるジャスティンを綺麗《きれい》に無視してオズワルドが喚く。

「恋人の前で別の男のムスコの話をするんじゃない！　ていうか、さっきも言ったが別の白魔導士に治療を頼め！　それこそ天才白魔導士がいるだろ！」

「お師匠様はそういったことに興味がないので、多分、腐って落ちればいいって言われるだけです」

「衝撃の事実パート２！」

うわあああ頼みます、クリーヴァ隊長おおお、俺はまだ大事な一人ムスコを失うわけにはいかないんですうううううう。

そう叫んで膝から崩れ落ち、地面に倒れ伏して号泣するジャスティンの横に、セシルがしゃがみ込み、「しっかりしてください！　きっとムスコサンは助かります！　元気に戻ってきますから！」と励ますように肩を叩く。

そんな、美しい夕景が広がる精霊の森の愁嘆場に。

肩を震わせたオズワルドの大喝が響いた。

「〰〰〰とにかく今日は帰れ、この馬鹿野郎があああ！」


「何も追い返さなくても……」

「お前もなに、近日ちゃんとお伺いします、だ。行かなくていい、あんなの」

「そうはいっても、あれはちょっと厄介な気がします。言葉の鎖じゃなかったんですよ？　魔獣ですら出鱈目《でたらめ》ながら言葉を使っていたのに……」

カーティスの屋敷に戻り、だいぶ夜も遅い時間だったが、オズワルドがどうしても王都に帰ると言ってきかなかったため、二人は現在公爵家の馬車に揺られて家路についている。

ちなみに二人がそろって水をやらなければいけない、婚約の証《あかし》の花灯火は一度光を回復させるということで、灯火園の管理人である師匠の元に預けてあり、しばらく水やりの義務から解放されていた。

久々の夜の外出で、オズワルドの膝に座るように強要され、しぶしぶ……彼の堅い太ももに横向きに座るセシルは、手にした竜の鱗を扇のようにひらひらさせながらぶつぶつ何かを呟《つぶや》いている。

「魔獣ですら怨嗟の言葉の鎖にしていたのに……ジャスティンさんの下半身を覆っていた呪いは黒い霧状のものでした。ということはですよ、オズワルド様。それは明確な怨嗟の言葉を取っておらず、呪っている本人もそれと自覚していない、一種の『想《おも》い』のようなものだと――」

「あいつの股間についての議論はどうでもいい」

苛立たしげに、もに、とセシルの頬を親指と人差し指でつまみ、オズワルドがセシルを睨《にら》みつける。

「呪われてようが何しようが自業自得だということだろう」

「そうかもしれませんが、彼は私の二人目の患者さんなんですよ⁉」

逃す手はない、と鼻息荒く告げるその様子に、オズワルドは溜息を吐くと、彼女が持っている竜の鱗に視線をやった。

「で、お前はどうなんだ?」

「そうですね……私は特に股間に異変が生じるような呪いをかけようとは思いませんね」

「そうじゃない!　……だから………その………精霊の森はどうだったんだ?」

「へ?」

思わず目を瞬《しばたた》くセシルに、オズワルドがふっと表情を和らげ、真剣な眼差《まなざ》しに彼女を映した。

「行きたかったんだろ？　精霊の森に」

どきりと心臓が鳴る。馬鹿にしたように言われたのならまぜっかえすのはお手の物だが、オズワルドは真剣な表情でこちらを見ているので対応に困る。

「ええ……っと……」

思わず言葉を濁すと、更に静かに彼が続けた。

「あの森に入るのが、お前の目標で夢だったと……聞いたんだが」

「なんと！」

あの師匠がそんなおせっかいをするとは思わず、目を見張る。

「それで？　憧れの場所に行けた感想は？」

じっと見詰める金緑の瞳が、やはり少し前に見たのと同じように、不思議な色味に揺らいでいる。

不安そうな、探るようなそれを見返し、セシルはじっと己の中の記録を辿《たど》ってみた。

「……綺麗でしたね。草木も花も七色の光を振りまいて、空は朝昼黄昏夜と、固定されていたし」

「そうだな」

「竜は……強そうで、でも負ける気はしませんでした」

「俺がいたからな」

ふっと小さく微笑《ほほえ》んで言われ、思わずセシルも破顔する。確かにその通りだ。

「……さすが七英の騎士様だと、そう思いましたよ」

「お褒めにあずかり光栄です」

おどけてみせるオズワルドを見上げて、改めてセシルはあの森の中で感じたことを思い返す。

憧れの場所だった。幼い頃からずっと、あそこに行ける白魔導士になりたいと、そう思い続けていた。それが。

「――……オズワルド様」

彼の膝の上で身を起こし、ゴトゴトと揺れる馬車の中、彼の隣にきちんと座り直す。消えたぬくもりを追うようにオズワルドが手を伸ばす。それを無視して、セシルは着ていたローブの裾をぎゅっと握りしめて深々と頭を下げた。

「また、一緒に行ってはもらえませんか？　今度こそ……ピクニックバスケットを持って、精霊の森にしか生えていない植物を採取しにっ」

確かに精霊の森に入りたかった。憧れの竜の鱗を手に入れたかった。でもそれは、「一人」では意味がなかったのだ。

パーティを組んで精霊の森に行く先輩達。卒業試験だと、仲間達で盛り上がる同級生。そのどこにも入れなかったセシルは、諦めるのと同時に、心の底でずっと望んでいた。彼らのようになりたいと。

それは一人取り残されただけでは達成できなかった。

（理由を言わないと……！）

もう一度そこに行きたい理由。一人ではダメな理由。自分が達成しえなかったその理由を。

がばっと顔を上げ、自分は落ちこぼれだから、どうか一緒に行ってほしいとそう言おうとして。

セシルの身体に手を回したオズワルドがベンチの上に彼女を押し倒した。そのまま甘く唇を重ねる。目を見張るセシルを他所《よそ》に、オズワルドは彼女の耳朶《じだ》をくすぐり、身をよじった拍子にするっと唇を割って舌を滑り込ませる。吐息も、言葉も、何もかもを奪いつくすようなその口づけの前に、セシルは意識が甘く霞《かすみ》がかかっていく気がした。

何度も斜交《はすか》いに、唇を合わせた後、濡《ぬ》れた音を立ててオズワルドが唇を離した。

目を細めたセシルに、ふっとオズワルドが甘く優しく微笑んだ。

「いいよ。君がどうしても謎の植物やら魚類やら動物やらを確認したいというのなら、その時は俺が連れていってやる」

言って、そのまま柔らかく彼女を抱きしめた。

「その代わり、あの森に入るための通行証の役は俺だけにしろ」

いいな？

低い声が耳朶を打ち、ふるっとセシルは身体を震わせる。首筋辺りにいたずらする唇を感じながら、彼女はふうっと息を吐いた。

「それはもちろん、そうしていただけるとありがたいのですが」

「ああ」

じわりと、セシルの身体を倦怠《けんたい》感が包み込み、億劫《おっくう》そうに彼女は呟く。

「こういう……補給もまだの状態で……深いキスをされるとですね……」

ぼんやりと、セシルの目に映る周囲が暗くなっていく。

心地よいけだるさの中に落ち込みながら、眠そうな声で必死に告げた。

『『浄化』作業へと移行するために……色々と普通の生活のための機能が停止していきますので……ご注意くださ……い……』

はっとオズワルドの身体が強張《こわば》る。

「そうだった！　調子に乗った、すまない！　大丈夫か!?」

『これから明日の午後まで……ねればだいじょうぶれふ……』

「セシル！」

邪気を吸い取ってもらったお陰で元気になったオズワルドを他所に、セシルは幸せそうに瞼《まぶた》を閉じた。遠くで「すまない、大丈夫か、しっかりしろ！」というオズワルドの喚き声が聞こえるが、まあ仕方ない。

大丈夫大丈夫。この前みたいな昏倒《こんとう》にはなりませんので～っと、胸の内で思いながら、セシルは深い眠りの淵《ふち》へと落ちていくのであった。

★☆★

人の欲望には際限がない……と、豪奢《ごうしゃ》なシルクの敷かれたベッドに横たわり、その人は妖しく微笑む。自分の「瞳《め》」に映る世界には特に、果てのない欲望が渦巻いて映る。

誰かを妬み、誰かを蹴落とし、享楽の中に身を投じ、退廃をむさぼる。

人の形をした魔性のもの……それだけで魔獣よりも性質《たち》が悪いと薄く笑う。

その酷薄な唇にグラスを押し当て、冷えたワインを喉に流し込む。

際限のない欲望に、自分は興味がある。どこから来て、どこに行くのか。その愚かな欲望は聖者でも持っているのか。

「知りたいわ……」

ぽつりと零《こぼ》し、ワイングラスをヘッドボードに置くと、ごろりとシーツの上に転がる。四柱式ベッドの天蓋を見上げてそれはそれは美しく微笑んだ。

「もっと知りたい……この世にはどんな欲望があるのかを」

もっと見たい。欲に溺れ破滅する人の顔を。

目を閉じれば、世界が反転する。深い闇の奥底に意識を眠らせながら、真っ赤な唇が弧を描いた。

そのためにできることは……いくらでもあるのだ、と。

## 3　荷物は速やかに持ち帰るのが契約です

これは深刻な事態だと、第一聖騎士隊隊舎の自らのオフィスで、机についたオズワルドが頭を抱えている。だが目の前にあるソファに座る、第一聖騎士隊副隊長のザック・リードは知っている。

彼の悩みは国のあちこちで被害を出す魔獣が大暴れしている、とか王都防衛のためにやらねばらないことがたくさんある、とか、己の領地運営に関する重大事が起きた、とかそういうことではない。

「社交界で黒豹《くろひょう》なんて噂《うわさ》されるフレイア公爵がたかがキス一つできないだけで、この世の終わりみたいな顔をするとは誰も思わないだろうな」

行儀悪くずーっと音を立てて紅茶をすするザックの一言に、ばっと顔を上げたオズワルドが殺意の滲《にじ》んだ眼差《まなざ》しで彼を睨《にら》みつけた。お茶請けのクッキーをかじるザックが反射的に両手を上げる。

「ふぁふふぁっふぁっふぁっふぇ《悪かったって》」

奥歯を噛《か》み締めた顔でじっと副官を睨みつけた後、オズワルドは体内の圧力を下げるようにふーっと深い息を吐く。それからおもむろに前髪を握りつぶすと、呻《うめ》き声を上げた。

「キス一つというがな……考えてもみろ？　惚《ほ》れた女がすぐ傍《そば》にいるっていう状況でキスすらできないんだぞ⁉　何の苦しみだよ！」

「そりゃまあ……そうだよなぁ」

しかも一つ屋根の下にいて、おまけに治療だなんだと触れてくるのだから性質《たち》が悪い。

「けど、セシルの治療はおおむね彼女が作った魔法道具によるものだろ？　だったらそういった器具のあれこれは別の人間に頼んでセシルには当面、傍にいないでもらえばいいんじゃないのか？」

あっさり告げるザックに、顔を上げたオズワルドがとてもいい笑顔を見せた。

「そんなの許せるわけがないだろう」

一刀両断だ。

「……じゃあ、我慢するしかないな。あ、ならほら、リンゼイ導師から今、怪異調査の依頼が来てたろ？　黒魔導士隊が出ていくかどうか、微妙な感じの話だって」

「ああ」

黒魔導士村の長《おさ》で、常にフードを被《かぶ》って素顔を隠すリンゼイ・クロード。彼女の名が出たことでオズワルドは無理やり頭を切り替えた。

現在、第一聖騎士隊は休暇扱いになっている。

だが、魔獣達は人間のそういった事情はお構いなしにあちこちで被害を出す。最前線で魔獣と戦う隊に回すまでもない、軽い依頼が休暇であっても訓練の一環として時折回ってくるのだ。

書類箱に積まれた様々な紙束の中から真っ黒な封筒を引っ張り出し、オズワルドが確認する。

「商業区画に最近、魔獣のような黒い影が出没するっていうやつだな。だが、魔獣が普通、王都のど真ん中の、更には人が多い場所に入り込むなんてあり得ない」

恐らくは見間違いだろうが放ってはおけない、と癖のある字体でリンゼイが知らせてきていた。

彼女達黒魔導士隊もそういった調査を担当するが、なにせあの真っ黒で不吉ないでたちだ。それこそ王都のような一般人の往来が多い場所で魔獣調査をすれば、片っ端から不審者通報されかねない。姿を消しての行動も可能かもしれないが、市井の調査でそこまですることもないからと、待機中の聖騎士隊に白羽の矢が立ったのだ。彼らなら私服で動けるし、目立つ恐れもない。

「そう、その任務の報告がてら、リンゼイ導師に頼んで一人でシても楽しめるような魔法道具か何かをお借りす――」

脳が晴天なザックの発言は、立ち上がっておもむろに振り下ろされたオズワルドの鉄槌《てっつい》（拳による）の前にあえなく霧散した。

「お前は馬鹿なのか!?　なんで恋人がいるのにそんな真似《まね》をしなくちゃならん！」

苛《いら》立《だ》たしげに告げられ、ザックはローテーブルにキスをしたまま片手を上げた。

「悪かった」

「……だが確かに、セシルに触りたくなる欲求を抑えるために心身ともに健康的、且つ適度な疲労感の中にある必要がある」

きっぱりと言い切るオズワルドに、顔を上げたザックがくるりと目を回した。

「つまり？」

つまり。

★☆★

王都内に魔獣「らしき」存在が出没しているという噂の調査に、オズワルド自ら出ると宣言されて、セシルは眉間に皺《しわ》を寄せた。

止める間もなく、彼は午前中から出かけていき、暗くなるまで帰ってこない。何をしているのかと、ザックに聞いたところ、日がな一日商店街の屋台やカフェでお茶をしているという信じられない回答がきた。

でもまあ、神出鬼没なうえに、三件あった目撃情報の時間帯がバラバラなら仕方ないということか。

今日も朝、例の水晶による治療が終わった後出かけていった。隊長自らやらねばならない仕事なのかとそう思うが、もともと休暇の時期なので部下達には休んでもらいたいし、公爵の自分はどうせ休みなんかないから適任だと言われてしまえば、それまでなのだが。

「買い食いをしてるというのなら、体内の邪気浄化の手段がカロリー摂取な私も連れていってくれればいいのに……」

フレイアの街屋敷《タウンハウス》でケーキスタンドを前にセシルが溜息《ためいき》を吐《つ》く。山盛りのスコーンやらケーキ、クッキーにサンドイッチが詰まれ、その傍らにはベーコンエッグやサラダの皿が並んでいる。それらを一心不乱に口の中に詰め込み、自分が作った大量のマッシュポテトや焼いただけの豚肉とは全然違うなと舌鼓を打つ。

その彼女を笑顔で見下ろすのが、公爵家の料理人、ミス・ブリジッド・サンズだ。

女性にしては珍しいショートヘアは、ウエーブが掛かった象牙色で、赤くつややかな口紅が引かれた唇は社交的ににっこりしている。コックコート姿で男性に引けを取らないほどの長身ときゅっと引き締まったウエストは高く、脚はすらりと長い。元々は聖騎士団の隊舎で料理人をしていたが、腕を買われて公爵家の料理番頭となったらしい。任務や仕事で忙しい主《あるじ》のせいで腕を振るう機会が少なかった彼女は、やってきた婚約者の、盛大な食べっぷりに感嘆し、にこにこしている。

「ミス・ローズウッドを危険な目に遭わせたくないっていう公爵閣下のお心遣いですよ」

空になったティーカップに濃い赤の紅茶を注ぎながらなだめるようにブリジッドが言う。

確かにそうかもしれないが、オズワルドの体調管理も自分の役目なのだ。

「……あまり無理をされると困るんですよね」

むうっと頬を膨らませ、それでもせっせとカロリーを摂取する。

その姿に目を細めていたブリジッドが軽やかな笑い声を上げた。訝《いぶか》しげな表情で彼女を見れば、笑いながら「すみません」と語を繋《つな》ぐ。

「隊長が選ぶ女性はもっと……公爵夫人にふさわしい、冷たく高貴なご令嬢だと思ってましたので」

その言葉に、気品に満ちて楚々《そそ》とした美人を思い描き、セシルはまぁ確かに、と納得する。

凄《すご》く似合いそうだ。

一人うんうん頷《うなず》くセシルの横で、ブリジッドが複雑な顔で先を続けた。

「実際、そういう女性に囲まれていましたしね。でも聖騎士隊の女性騎士にも分け隔てなく接してくださっていて……憧れる人は多かったんですよ」

「もしかしてブリジッドさんもその一人ですか？」

何気なくそう尋ねると、彼女は淡い黄緑色の瞳をうんざりした様にくるりとさせた。

「恋人役を頼まれたことがありますよ」

「へぇ、恋人や……──」

恋人役だと!?

慌てて顔を上げると、彼女がきらきらと星をたたえた瞳で興味深そうにセシルを眺めている。

「ええ、振りなので恋人らしいことなんか一切してないんですけどね。縁談除《よ》け、勘違い予防のための存在でしたから。なので隊長がミス・ローズウッドとお知り合いになられてほっとしたんです。で、きっかけは何だったのですか？　ミス・ローズウッドは本当はどこかのご令嬢だとか？」

銀のお盆を胸に抱いて詰め寄られ、椅子の上でのけぞりながらセシルは困ったように眉尻を下げた。

「私はしがない白魔導士で、しかも落ちこぼれです。ていうか、そもそも私はオズワルド様にとって『対象外』だったので、なんであの人が釣れたのかは全くわからないですね、むしろこっちが聞きたいくらいですよ」

「対象外？」

首を傾《かし》げるブリジッドに「そうです」とセシルが勢いづく。

「ちんまいおしゃべり女だと思ってたはずです。あと、勝手に毒を盛って人体実験する危険人物か。どっちにしろブリジッドさんが言うように、私はあの人の好みの外だったんです」

それがどうしてこうなったのか。もしかしたら最近研究が盛んな『心理学』の分野で言われている『吊《つ》り橋効果』とかいうものが原因なのではないだろうか。

そう。二人で同じ危機を掻《か》い潜った際の心拍の急上昇をときめきと勘違いしたというあの……。

そんなことをつらつら考えていたので、ブリジッドが温かい微笑《ほほえ》みを浮かべて自分を見ていることに、セシルは気付いていなかった。

「……隊長も、なかなかに見る目があったということでしょうか」

「え？」

どこをどうとったらそうなるのか。

「いえ、でもブリジッドさん、オズワルド様に似合うのはツンとした冷たい雰囲気のご令嬢だって」

「それが好みでしたら、私を恋人役に任命したりしませんよ」

「いやいやいやいや、え？　鏡をご覧になったことないのですか？　ブリジッドさんのようにぱきっとした美人はそうそういない――」

「失礼いたします」

と、不意に静かな声が割って入った。見れば、ぴしりと背筋を伸ばした執事が立っている。

「コールトンさん」

三十代後半の黒髪の彼は、執事のお仕着せを着てはいるが、体格がすこぶるよく、恐らくシャツの下の腹筋は割れているのではないかと想像がつく。物静かで足音を立てずに歩く彼は、目を伏せたまま銀のお盆に載った名刺をセシルに差し出した。

「ミス・セシルに面会がいらしてます」

その言葉に、綺麗《きれい》な琥珀《こはく》色の瞳を大きくする。

そんな馬鹿な。

「い、いやいやいやいや……え？　私にですか？　絶対あり得ないと思うんですケド……」

社交界ではフレイア公爵に婚約者ができたらしい、という話は広まっているという。だがそれが落ちこぼれ白魔導士だが解呪・解毒に特化した能力の持ち主で、国王陛下に褒賞として婚姻を認めてもらう予定のしがない平民だと、お貴族様達は知らないはずだ。

ましてや治療のために屋敷に滞在しているということも。

「ですが、訪問客はミス・セシルをご指名されております」

「えぇぇ……」

不信感もあらわに呻くように告げて銀色のお盆に手を伸ばす。そのセシルの様子を見守りながら、ブリジッドとコールトンがちらりと視線をかわした。

そんな風に二人に見守られているとも知らずに、セシルは四角いカードに目を通す。そして「あ」と短く声を上げた。

書かれていた名前は、彼女の知ったものだったからである。


「このままでは新恋人のメリンダに振られる予感しかしないから、とりあえず原因を突き止めたいと来てしまいました」

しょぼん、と肩を落とし、落ち込んだ大型犬の様子でソファに座って語るのは、ジャスティンだ。

そんな彼の正面に腰を下ろしたセシルは、やっぱり言葉の形態をとらない黒い靄《もや》を見て眉間に皺を寄せた。

精霊の森で出会ってから数日。呪いが今までと同様の言葉の鎖として表れているのではないだろうかとそう思ったのだが、いまだにふわふわと形を取らず、だがしっかりと彼の股間を覆い隠している。そもそも身体《からだ》の一部分だけを呪う、なんて特殊すぎる事態だ。それも勃起《ぼっき》不全を誘発しているなんて。

「新恋人って……相変わらずね、マーチ」

腕を組み、やや身を乗り出して相手の股間を睨みつけていたセシルの隣で、ブリジッドが呆《あき》れたように告げる。

「お前こそ元気でやってるみたいだな、双剣の戦姫《いくさひめ》」

「今は包丁よ。双包丁」

「え？」

気兼ねなく話す二人の様子にセシルは目を瞬《しばたた》く。確かにブリジッドは聖騎士隊隊舎の料理人だった。だが……戦姫？

「話してないようですね。ブリジッドは元々騎士だったんですよ。しかも双剣」

ジャスティンのその言葉にセシルは改めてブリジッドを見る。今は黒のコックコートを着ているが、これを脳内で隊服に置き換えてみると、なるほど、しっくりくる。鞭《むち》のようにしなる両手に掴《つか》む二本の剣。それで魔獣の中に切り込んでいく姿は、なるほど。戦姫だろう。

それが何故《なぜ》包丁に持ち替えることになったのか。

そんな疑問が顔に出ていたのだろう。艶やかな赤の唇を弓型に引き上げて、ブリジッドがにっこりと微笑んだ。

「三年前の討伐で深手を負ってしまって。日常生活には支障はないけれど、戦闘は困難になってしまったのよ」

言いながら、彼女はコックコートの襟もとを外す。ちらりと見えたのは首の下から縦に走る傷痕だった。

「白魔導士のお陰で一命はとりとめたし、彼らとお医者様のお陰でここまで回復できた。でも戦闘は無理になってしまって」

落ち込んでいたブリジッドを「遠征時の料理が一番上手だったのはお前だから」という理由で隊舎の料理人に推薦してくれたのがオズワルドだった。

「だから公爵閣下には言葉では言い尽くせないほどの恩義があるのよ」

背筋を伸ばしてソファに座り、何かを思い出すように告げるブリジッドの瞳は、きらきらと新緑色に光り輝いている。その様子に、セシルは黙ったまま、紅茶のカップを取り上げた。

オズワルド様らしいといえば、らいしなとぼんやり思う。

あの人は口は悪いし、態度はぶっきらぼうだが、人を思って動ける度量がある。視線を上げれば、自分にはわからない昔の話で二人が盛り上がっていて、セシルは何とも言えない気持ちになった。

「第二隊の俺のところにまでクリーヴァ隊長の逸話は聞こえてくるからな。社交界のパーティに連れていったブリジッドが他の令嬢顔負けの美人っぷりで唖然《あぜん》としたとか」

「あ～あれね。あの時は大変だったわよ。慣れないヒールなんか履かされて。終わった瞬間売り払ったわ」

「結構いい感じに見えたけどなぁ」

「どこが。目が節穴なんじゃないの？　……まあ……知ってたケド」

社交界では黒豹なんて呼ばれるオズワルドが一体どんな風に社交界を渡り歩いていたのか。一度しか見たことのないセシルが興味深く拝聴していると、気付いたブリジッドがこほんと咳払《せきばら》いをした。

「って、昔の話はどうでもいいんです。それよりもマーチ隊長の呪いの件です」

空気を変えるべく、ブリジッドがわざわざ敬称で呼び直す。行儀悪く両手でカップを抱えていたセシルは、なんとなく残念に思いながらも再びジャスティンの股間に視線を戻した。

座っているため、テーブルに隠れて見えないが、もやもやと揺れる黒い霧の先端は言葉の形を取っていない。眉間に皺を寄せたまま、セシルはソファから立ち上がるとローテーブルを回ってジャスティンの隣に腰を下ろした。

視線はいまだ彼の股間に固定されている。

「あの……ミス・ローズウッド？」

一言も発せず、じいっと凝視するだけのセシルにジャスティンがそっと声をかけた。だがセシルは名前を呼ばれたことにも気付かず真剣な表情で事象を検討している。

「形を取らない呪いなんて初めて見るし……どこにも言葉の欠片《かけら》がない……それに全身を覆うわけでもないし……命を取りたいほどの呪いではないということなのか……」

ぶつぶつ言いながら霞《かすみ》に手を伸ばす。

セシルからすれば目に見える黒い霧に触ろうとしているだけなのだが、霧が見えないブリジッドとジャスティンにしてみれば。

「ストップです、ミス・ローズウッドぉ！」

しゅばっと立ち上がったブリジッドが、股間に手を伸ばす（ように見える）セシルを後ろから抱え上げた。

「へ？」

そのまま庇《かば》うようにブリジッドの背後に隠される。

「そんな真似をしてはいけません！　ミス・ローズウッドは閣下の婚約者なのですから！」

眉を吊り上げて睨む彼女を前に、「でも……」とセシルが語を濁す。

「駄目です」

ずいっと顔を近寄せられて断言され、セシルは不服そうに唇を尖《とが》らせる。そんな彼女の様子に構わずブリジッドがきっぱりと告げた。

「私は元騎士で、女性です。閣下がいらっしゃらない時にセシル様をお守りするのに適任だと、閣下自らが仰せでした」

なんだって!?

ぎょっと目を見張り、セシルはじっとブリジッドを見詰める。

「……つまり……ブリジッドさんは私のお目付け役ということですか？」

恐る恐る尋ねれば、コックコートを着た、フレイア公爵家お抱えの料理番頭は晴れ晴れと笑った。

「まさにその通りです」

ナンテコッタイ。

知らず呻き声を上げるセシルに笑顔のまま、ブリジッドは続ける。

「なので、あまりマーチに近づかないでください」

「いや、でも治療するなら近寄らないといけないし……」

「あ、大丈夫ですよ。俺、勃起不全なんで触られても機能しないですし」

のんびり告げるジャスティンを、いい笑顔なのに殺意の滲んだ眼差しでブリジッドが睨みつける。

「そうなる前に私が切り落とすので、不用意な発言は控えてください、マーチ隊長」

ひいっと情けない声が漏れる。状況は自分に不利だと気付いたセシルはしぶしぶ……本当にしぶしぶ再び彼の正面に座り直した。

「とにかく、今見た感じではこの呪いはジャスティンさんを殺すような目的でかけられたものではないということです。ここ数日でより強固な呪いに変化するかと思ったのですが、それもないですし」

「では一体目的は何なのでしょうか」

困り果てた顔をするジャスティスに、ふむと顎に手を当てたセシルが続ける。

「今、ジャスティンさんが一番困っているのは恋人のメリンダさんに振られるかもしれない、ということですよね」

「私に性的な魅力を感じないのか～と怒られました」

「では、それが呪いをかけた人間の狙いなのだとしたら？」

ぴし、と人差し指を立てて告げるセシルに、ジャスティンとブリジッドが「あ」と短く声を上げた。

「つまり……俺が恋人とうまくいくことを望んでいないと、そういう？」

恐る恐る切り出したジャスティンに、セシルは一つ頷いた。

「あなたを殺したくはない、けど、恋人とうまくいってもらいたくない……そう、ジャスティンさんに懸想をしている人間が呪っていると考えられます」

なるほど、と感心するジャスティンを前に、ただ疑問が一つある、とセシルは唇を引き結んだ。

（恋する人間にしてみれば意中の人が他の人に取られるのは嫌なことだとそうは思います……が、だからといってこんな……呪いみたいなものをそう簡単に発動できるものでしょうか）

意中の相手が他の人と性的交渉ができないようにするためだけに、こんなことに手を出すだろうか。むしろ自分に振り向いてもらうような、惚れ魔法のようなものに手を出すのではないだろうか。

「ジャスティンさん」

眉間に皺を寄せて考え込んでいる騎士に視線を向けて、セシルが尋ねる。

「自分に懸想している相手……もしくは性交渉を持った際に不快にさせた相手とか、とにかく、エロいことをして恨まれた相手にお心当たりは？」

「俺は紳士ですよ、ミス・ローズウッド」

怒ったように眉を吊り上げるも、堂々と胸を張って答える。

「大抵は女性に喜ばれてます」

「そうですか……」

「望まぬ妊娠とか捨てた相手とかいるんじゃないの？　あんたも結構遊んでる噂、聞いてるわよ？」

半眼で告げるブリジッドに「失敬な！」と立ち上がったジャスティンが胸の辺りに拳を当てる。

「不肖、ジャスティン・マーチ、誓って女性を泣かせるような真似はしておりませんっ」

言って、じろりとブリジッドを睨みつける。

「どの女性とも綺麗に別れてる」

どうだか、というブリジッドの呟きを耳に、セシルは「では」と更に語を繋いだ。

「ジャスティンさんがとてもおモテになる、ということを踏まえて、女性から何かもらったことはありますか？　プレゼントとか手紙とか」

呪いには大抵、媒介となるものが必要になる。相手から送られてきたものの中に怪しいものがなかったか確認してみたところ。

「――……それは……」

途端、言葉に詰まる。うろうろと視線をさまよわせる様子を不審に思っていると「あ～」とブリジッドが両腕を組んで苦笑した。

「ミス・ローズウッドもご存じだと思うんですけど、聖騎士隊ってモテるんですよ。爵位は関係なく、実力主義で採用されるので、一般人の知名度も高いですし」

それは知っている。白魔導士村にいたセシルですら、社交界の噂話と共に彼らの話が載ったゴシップ誌がよく取り沙汰されていた。だが、それとジャスティンの懸想の相手と何か関係があるのだろうか。

まだよくわかっていない表情をするセシルに、困ったように眉を下げたブリジッドが言いにくそうに続ける。

「地方にやってきて魔獣を倒してくれる騎士達に、最初は村長や町長、各地の領主様や治安判事からお礼の品や手紙がよく送られてきていたの。でもそれが最近ではちょっとずつ変わっていって……」

さすがのセシルも理解した。

なるほど。

なるほど、なるほど、なるほど。

「つまり、騎士団宛《あて》に個人からお手紙とか品物が届くようになったのですね——管理しきれないくらい」

そして多分、こんな不可解な呪いをかけられた、はた目にもイケメンなジャスティンには恐らくきっと。

そのセシルの言葉を裏づけるかのように、ジャスティンはがっくりと肩を落とし、両膝についた手の中で頭を抱えてしまった。

「最近は忙しくてそういった贈り物を確認するのを怠っていました……っ」

呻くようなその言葉に、やれやれとブリジッドが肩を竦《すく》める。

「しかも第二次魔獣討伐戦直後から凄い数の贈り物が隊舎に届き始めたって、元同僚が零《こぼ》してたわよ。それ、確認したの？」

「……それもしてません」

うううう、と嘆き始めるジャスティンを見て、セシルは考える。

自分なら、その贈り物の中からこの呪いの『核』となっているものを見つけることができるはずだ。

多分、一個一個内容を確認するよりよっぽど早い。

「ではとりあえず、呪いの実態を探るために、その贈り物とやらを確認しに行きましょう！」

ソファから立ち上がるセシルに続いてブリジッドも立ち上がる。

「もちろん、私もお供します。今日のディナーについては他の人間に引き継いでますので」

すまして言い切るブリジッドに、セシルは一つ瞬《まばた》きをする。

「あの……一体オズワルド様からどこまで頼まれているのですか？　どう考えても料理番頭のやることじゃないですし、仕事内容逸脱してるような気が……」

「もともと隊舎の料理番は専用の人がいたわけではなく、なんとなく全員が持ち回りで担当してました。それが私や他の戦傷者が増えて、その人達の仕事として斡旋《あっせん》されたのが料理番です。元がそんな感じなので、兼業することは問題ありません」

にっこり笑って告げられては、これ以上断る理由もない。

それに、隊舎に向かうのなら、内部を知っている人間がいても問題ないだろう。

「ではお言葉に甘えます。――ジャスティンさん」

一体誰が厄介なものを送ってきたのだろう、とぶつくさ零していたジャスティンが顔を上げる。その彼に、セシルはにっと口の端を上げて笑ってみせた。

「今から隊舎に行きましょう！」

王都でも一等地、王城のすぐ傍に騎士隊の隊舎がある。レンガ塀で仕切られた広大な敷地には、聖騎士団の他に、一般の騎士団、城内を警護する近衛騎士団の隊舎がある。

だが彼らのもとに運ばれてくる物資や荷物、それこそお礼の品や手紙などは広々とした敷地の入り口付近に立つ、レンガの倉庫にまとめて送り込まれ、そこから各隊舎へと配送されていた。

その巨大な倉庫の、見上げるほどの高さがある鉄製の扉の前には、二階建ての管理人用の事務所があり、そこには荷物の受け取りを担当する人間が常駐していた。

騎士団長と元騎士に挟まれたセシルは、わりとあっさり敷地内に通された。

ジャスティンが事務所に向かい、二人で外で待っていると笑顔の事務員と彼が早々に出てきた。

「いや〜、助かりました。なにせこういったものは勝手に隊舎には送付できないので、いつまでもスペースを圧迫してて困ってたんですよ」

丸眼鏡にアームカバーをした事務員が、心の底からそう思っている様子で話し、巨大な扉を押し開ける。中はたくさんの木箱や荷袋、鋲《びょう》打ちされた頑丈そうな鉄の箱が並んでいる。ファイルを持った作業員があちこち歩き回り、荷物のタグを確認したり、配送の手配をしたりしていた。

その一角に、直置きではなく、棚が据えられた場所があり、三人はそこに案内された。

みれば、綺麗にラッピングされた箱や薄紙で包まれた袋、お酒、ひとまとめにされた手紙なんかが、棚に置かれたボール紙のボックスの中におさめられている。

「凄いですね……これ、全部隊員さんへのプレゼントですか？」

ボックスには紙のタグが付いていて個人名が書かれている。

配置された棚のせいでできた通路を歩きながら、感心したようにセシルが言えば、事務員さんが「そうですよ」とややげんなりした様子で告げた。

「普段は届いても一通、二通だったのですが、この間の第二次魔獣討伐戦のお陰で爆発的に増えましてね。各地から個人宛に、更には時期もばらばらに送られてくるので荷受け係が大混乱してまして……我々は個人輸送を担っている郵便屋とは違う形態なので……」

なるほど。もとは隊舎を、それから各騎士隊を補佐するための物資や荷物、食料を受け取って各部署に配布するのが彼らの仕事だった。

それがどういうわけか個人の荷物まで管理する羽目になって手が回らなくなってきたのだろう。

月に一、二通封書が届くくらいなら問題はなかったが、こうやって専用の受け取りボックスができるくらいになってくると……それはそれで大変だ。

「最近やっと、郵便屋と提携して人を回してもらえるようになったからよかったんですが……」

言いながら、事務員さんは通路を奥へと進み、異様な雰囲気が漂う一角へと三人を案内した。

「ここの人達は本当にどうしようもなくて……」

そこは、もちろん先ほどと同じように棚が並んでボックスが置かれている。だが異質なのは、ボックスのタグが棚一つ分全部同じなのだ。更にそれだけではない。ボックスを無視して詰め込まれる荷物、手紙、袋……。それがいつ棚から雪崩《なだ》れ落ちてもおかしくない様相なのだ。

加えて、さっきまでの棚には見かけ上は普通の贈り物が多かったが、ここではとてもじゃないが受け取るのに困るようなものが置かれている。

例えば。

「……そうですね、この等身大の裸婦像なんか貰《もら》っても困りますよね」

しかも普通の裸婦像と違い、妙に艶《なま》めかしく、どう考えてもモデルは送りつけた本人としか思えないような生々しさがある。

それから。

「これは何ですか？　結婚式の絵……？」

自分と意中のイケメン騎士様のツーショットの描かれた巨大な油彩画が棚に立てかけられている。

あとは。

「こっちは……えー……ベッド？」

そう、ベッドだ。

天蓋付きの四柱式ベッドが堂々と置かれている。

何だこれは、という言葉がセシルから漏れるより先に、タグを確認していたブリジッドが肩を竦める。

「どれも閣下宛ね」

「ほあ!?」

変な声が出た。

慌てて油彩画に近寄り、じっくりと男性騎士の顔を見る。

「え？　じゃあこれもオズワルド様と送り主さんの結婚妄想画ですか？　にしては……なんかちょっとさわやかイケメン風じゃありません？　青空バックにこういう……善人面はしないような……」

酷い言われようだ。

「まあ確かに。ミス・ローズウッドに相対してる時の閣下は……百面相な感じですけど、社交界ではおおむねそういう顔で歩いてましたよ」

「……なるほど」

恋人役だったブリジッドは、セシルが知らない社交界のオズワルドのことも知っているのか。

（まあ……それもそうか）

一つの棚から溢《あふ》れんばかりの贈り物。それらは、どこかでオズワルド・クリーヴァを見かけて胸をときめかせた人達が、自分の想《おも》いを伝えたくて寄越したものばかりだ。その品物の数だけ、セシルが知らないオズワルドを知る人がいるということになる。

「ちなみにブリジッドさん。オズワルド様が過去にお付き合いされた女性の数はどれくらいで……」

その質問にすかさず答えたのはジャスティンだ。

「星の数ほどいるという話ですよ」

なんと。

おおおおおお、と声にならない声を、震えながら上げるセシルの横でブリジッドが半眼になる。

「それは大げさよ。多分……両手足の指の数くらい？」

「にじうにんですか……」

ぎぎぃ、と油切れのゼンマイ仕掛けの人形のように、かくかくした動きで棚を振り返り、セシルはすん、と遠い目をする。

「まあ……白魔導士村にまで名声が届くくらいですからね。むしろ全くモテなかったとしたらそれはそれで何か、人間社会に不適格な部分があるのかと思ってしまいますからね。知名度と比例していてよかったですよ」

腕を組んでうんうん頷くセシルの様子に、ブリジッドが苦笑する。

「それ、閣下には言わない方がいいですよ、ミス・ローズウッド。多分……かなりへこみますから」

それこそ万に一つもないと思うが、一応は黙っておく。

(ていうか……)

改めて、可視化された好意の山を前にオズワルドがどれほど人気が高いのかを思い知る。聖騎士隊隊長で、七英の一人で、更には公爵……。

(地位も名誉も実力もある！)

だが実際は、デートの知識がセシルと同等くらいに偏ったもので、挙句怒って一人でどっかに行ってしまうような……——。

(——……私、なんでオズワルド様のこと好きなんだろう)

おいこらちょっとまて、というオズワルドのツッコミが聞こえてくる気がするが、綺麗に無視し、セシルは腕を組んだまま思考の海に飛び込んでいこうとした。

の、だが。

「クリーヴァ隊長には劣りますが、マーチ隊長もなかなかですよ」

事務員さんの乾いた声がして、本題はそっちだったと切り替える。

オズワルドの過去の交友関係については、一旦思考の海の底に沈め、セシルはジャスティンがいる、ここから二つ前の棚に移動する。と、彼は何故か頭を抱えてその場にうずくまっていた。

彼の棚もオズワルドと似たり寄ったりで、贈り物や手紙が押し込まれて溢れている。さすがに裸婦像やベッド（……）はないが荒れ具合はいい勝負だ。

「しばらく手をつけていなかったとはいえ……」

呻き声を上げるジャスティンの横で事務員さんが首を振る。

「末端の皆さんはよく受け取りにきては嬉《うれ》しそうに帰っていくんですがね。この一角の御仁は連絡してもなかなか取りにこないうえに送られてくるものが大量で困ってたんです」

それからいい笑顔を見せた。

「これを機に、マーチ隊長とクリーヴァ隊長の棚は整理されそうでよかったですよ」

心からの。晴れ晴れとした。超いい笑顔だ。

「ぜ、全部持って帰れと？」

震え声を上げるジャスティンに彼は無慈悲に頷いた。

「当然」

その様子にセシルも大いに慌てた。

「待ってください、事務員さん。もしかしなくてもオズワルド様のプレゼントも……？」

「婚約者さんであるミス・ローズウッドにお持ち帰りいただければ幸いですね。白魔導士さんなんでしょう？」

「そうですけど、落ちこぼれなので高度な転移魔法なんか使えないです！」

「なら公爵家から人を連れてくるなりして……とりあえずあの」

びしいっと事務員さんは鎮座するベッドに人差し指を突きつけた。

「超絶邪魔なものをなんとかしてくださいっ」

最終的には睨まれた。

「うぇえ……なんで私が……」

物凄く嫌そうな顔をするセシルの肩をなだめるように叩《たた》き、ブリジッドが「あとで人を寄越すように屋敷に連絡しましょう」と請け合ってくれ、心の底から彼女が一緒に来てくれてよかったとそう思う。

それから、口の端を下げるようにして引き結び、軽く膨らんだままのほっぺたをぱしぱしと叩いて、セシルが絶望にうなだれるジャスティンに視線を向けた。

「それで……ジャスティンさん。心当たりのありそうなものはありますか？」

一応声をかけてみると、顔を上げたジャスティンが膝立ちのまま、泣きそうな顔でセシルの両手をがしいっと掴んだ。

「これを全部開封しなければならないのでしょうか⁉」

「うーん……」

必死に見上げ、震える指で乱雑な棚を指す第二聖騎士隊隊長から視線を外し、セシルは棚を「視《み》た。彼の腰にまとわりつく黒い霧と同じものが漂っていないか確認したかったのだが。

「なんというか……全体的にぼんやりと黒い霞がかかってるんですよね……」

「え？」

引き攣《つ》った声を上げるジャスティンを他所《よそ》に、セシルが目を眇《すが》める。

「強すぎる想いは、魔法と結びつけば呪いにも祝福にもなり得ます。でも、そのためにはそれ相応の魔術の知識とか使う側の魔力が問題になるのがほとんどで、他人を呪ったり寿《ことほ》いだりするためには魔導士の存在が必要になってきます。でも、大半は魔導士を雇って誰かを呪ったり寿いだりはしないので、そういう要因と結びつかない『強すぎる想い』というのが事物に宿ったりするんです」

そして、強すぎる想いというのは、魔導士にとっては「視認」の対象となり、彼らの目にはオーラのように色がついて見えるのだ。

「聖騎士隊の皆さんには見えないかと思いますが、我々魔導士は人の思いを色で見ることができます。その中でもぶっちぎりで強く濃く……よく見えるのが愛と憎しみですが……ここにある贈り物には程度の差はあれ憧れや愛情、思慕、尊敬、嫉妬、執着……そういう『一色』では言い表せないような複雑な想いが絡まり合って霞がかかっているんです」

「……つまり？」

首を傾げるジャスティンを見下ろして、セシルがいい笑顔を見せた。

「色がまじり合って黒くなってしまっているので、探し出すのは容易ではないということですね」

多色を混ぜれば黒になる。そういうことだ。

がーん、という顔をするジャスティンを横目に、セシルは腰に手を当てて棚を見上げた。

「一つ一つ、荷物を確認しないとだめでしょうね」

泣きながら隊舎からリヤカーを借りてきたジャスティンが、贈り物という荷物を第二聖騎士隊隊舎へ持ち帰る。その際、彼はとにかく中身を改めて、勃起《ぼっき》不全を仄《ほの》めかしていそうなものを探してくると言っていた。

彼が去って十分もしないうちにフレイア公爵家の荷馬車がやってきて従僕達がオズワルドの棚の荷物を全て積み込み、持ち運べそうもない例のベッドは速やかに解体してどこかに運び出し、セシルとブリジッドを乗せて屋敷へと戻ってきた。

残念ながら彼に送られてきた品物にも黒い霞《かすみ》がかかっていて、ありとあらゆる感情がそこに詰め込まれているのがわかった。

現在オズワルドは魔獣から受けた呪いを解ききっていない。そんな彼の元に、新たな呪いとなりそうなものを置いてはおけず、セシルは持ち帰った荷物を裏庭の木立の中に運ばせると簡易結界を張った。師匠や他の魔導士が使う「保護《プロテクト》」にはだいぶ劣るが、式も持たない、強すぎる感情程度なら届かなくすることができるだろう。

四つの水晶に囲まれた空間に古くなったシーツを何枚か敷き、そこに贈り物が積み上げられている。ベッドはなくなったが裸婦像はそのままだ。

それらを見上げながら、セシルはプレゼントの山の一番上に置かれていたピンク色の袋を取り上げた。

黒い霞から引きはがされたそれは、赤色の光をまとって淡く輝いていた。

色によって感情表現が違うのはわかるが、その色が何の感情なのかはわからない。そういった研究をしている魔導士がいたが、まだ研究結果が発表されてはいなかった。

大抵はその人の思い出に色が関わっているというが、果たしてどうなのか。

中を確かめてみようとして、カードがついていることに気付き取り上げて裏返せば、発する色と同じ赤いインクで、「あの夜の再現、待ってます」となかなかに独創的な筆致で書かれていた。おまけにキスマークまでついている。

「ほほう……」

あの夜の再現。ほほう。ほーほーほう。

一体『あの夜』に何があったのか。とても気になったので、セシルは悪いかなと思いながらも包装紙を開けて箱を取り出してみる。中には誘惑と銘打たれたおしゃれな形の瓶が入っていた。恐らく香水か何かだろう。

「ゆうわく……」

どんな香りなのかちょっと気になる。

使ってみたらどうだろうか……と瓶の蓋に手が伸びるが、寸でのところでそれを贈り物の山に突き返した。

ダメに決まっている。まず間違いなく、これを送った相手がつけている香りのはずだろう。そうして万が一にもオズワルドが相手を思い出したら……困る。

（ていうか、キスもできないのに誘惑してどうするんです）

昏倒《こんとう》するような事態だけは避けたいのだ。

はう、と溜息《ためいき》を吐《つ》き、今度は避けていた裸婦像に視線を移す。

これは小山になっている荷物から少し離れた位置にあるせいで、抱えて移動しなくても黒い霞の影響を受けていなかった。

「青色……」

なんとなく、ずっと見ていると悲しくなるような青色だ。心なしか裸婦像の表情も悲しげに見える。

いや、とても艶《あで》やかに、挑発的に腰をくねらせ、長く豊かな髪を、後頭部から回した腕で、耳の後ろから掻《か》き上げるようにして持ち上げている。そして斜め上から見下ろす視線。

これのどこにも悲しげな感じはしない。突き出した胸が豊かだし、おしりも丸く張っている。やや肉感的な太ももとその間には何故か緻密なレース飾りまで表現された下着が彫られていた。

「うーん……」

まるで芸術品を鑑賞するように腕を組んで顎に手を当て、セシルは小首を傾《かし》げた。

こんなに自信満々なのになんで青色……。

「いえ、青色でも別に悲しみとかじゃない、楽しい思い出にかかっている場合もあるとは思いますけどそれにしても……」

見てるとこう、寂寥《せきりょう》感というかなんというか……。

そんなことを考えながら、裸婦像の豊かなバスト周りを凝視していると。

「セシル・ローズウッドおおおおお！」

お馴染《なじ》みの絶叫が聞こえてきた。

「あ、お構いなく」

「構うわ！」

さすが七英だ。

裸婦像を眺めながらひらひらと手を振るセシルの元に、三秒でたどり着いたオズワルドが彼女の腰を掴《つか》んでひょいっと抱き上げた。そのまましゅばっと裸婦像に背中を向けて大股で歩き出す。

横抱きにされたセシルは、顎に手を当て、眉間に皺《しわ》を寄せたまま考察を続けた。

「あの裸婦像の方にお心当たりは？」

「あるわけないだろ！　ていうか、お前は何をやってるんだよ！」

「オズワルド様のファン層をチェックしてました」

斜め上のオズワルドの顔を見上げてセシルはどや顔をする。

「せんでいい！」

一喝された。

「でも、倉庫の一角を占めるほどに大量の贈り物が送られてきてたんですよ？　いい加減整理をしないと。返事を待ってる方もいるかもしれませんし、中にはオズワルド様に助けられてとても感謝していますっていう村の代表からの贈り物とかもあるかもしれませんし」

「そういったものはちゃんとフレイア公爵家宛《あて》に転送されてくる。倉庫に眠ってるのは宛先が怪しい、個人からの贈り物ばかりだ」

なるほど。ちゃんと選別はされていたようだ。

「でも」

言いさし、セシルはオズワルドの腕から身を乗り出して木立の中に広げた荷物の山に視線をやる。相変わらず黒い霞がかかっている、その中でこちらを見詰める裸婦像が寂しげにたたずんでいた。

「ちょっとくらいは中身を確認しても」

「確認してどうする」

屋敷が見えてきて、土を踏んで固めたような小道から石畳へと足元が変わる。日差しがまっすぐに差し込む、広々としたテラスに差しかかり、ベンチの一つにようやくオズワルドが腰を下ろした。

セシルを抱えたまま、彼女の琥珀《こはく》色の瞳を覗《のぞ》き込んだ。

「あの中にあるものは多かれ少なかれ好意の対価を求めている。それを見てどうする？　答える気もないのに失礼だろう」

「でも全てがそうというわけでもないじゃないですか。純粋に『あの時助けていただいたたぬきです』っていうお礼の気持ちが混じったものもあるやもですし」

「おい、なんか別の生き物が混じってないか？」

「別の生き物からのお礼状だってなきにしもあらずです」

「ないわ！」

でも、と語を繋《つな》ごうとするセシルの口を片手で押さえ、こめかみ辺りを揉みながらオズワルドが「少し黙れ」と呻《うめ》くように告げた。

「とにかく！　あの時助けたたぬきもきつねもうさぎもいないし、任務で救った村や町からは上層部に礼状が行って、そこから降りてくる。ああいう隊舎に送られてくるのは、不要の好意ばかりだよ」

以降、話は聞かない、と言外に匂わされ、セシルは口を塞がれたまま、不服そうに黙り込んだ。だって。

どれもこれもカラフルなのだ。そこには大小様々な想《おも》いがある。それを無下にしていいとは思えない。

眉間に深い谷を築くセシルを見下ろし、オズワルドがはあっと溜息を吐いた。

「ていうか、お前は嫌じゃないのか？　婚約者宛にあんなにたくさん、他の女性から『好きです』っていう贈り物が届いて」

そうだ。あれは全て、オズワルドに対する『好意』だ。

口を塞ぐ掌《てのひら》をそっと外し、セシルは彼の膝の上からオズワルドを見上げた。

首を斜めに傾げ、覗き込むようにこちらを見下ろす彼は……なんだか少し顔色が悪い。ふっと金緑の瞳に影が差している。少し気だるげなその様子に、セシルはどきりとした。

この人に認められたい、馬鹿にされたくない、力になりたい、死なせたくない……そんな感情を一つの瓶におさめてシャッフルし、できあがったのがオズワルドへの恋心だ。ばれてはいけなかったたし、後生大事にしようと思っていた。

応えてくれるとは思ってもいなかった。

それでも応えてくれたのだから、それはセシルにとっては僥倖《ぎょうこう》なのだ。

そう。

だって。

——……セシルはずっと落ちこぼれで一人で生きようとあがいていたから他の人に取られても文句も言えない立場で……。

「おい」

途端、ぎゅっと抱きしめられてセシルははっと身を強張《こわば》らせた。腕がきつく、セシルの身体《からだ》を温かなオズワルドの身体に繋ぎ止めている。

「お前、余計なこと考えてないだろうな？」

「考えてませんよう」

思わず反論する。

余計なことではない。——……どちらかといえば正しいことだ。あの中の誰かが本気で、オズワルド獲得に向かってきたら。

そうしたら、自分はどうすればいいのか。

「正当なことを考えてたまでです」

きっぱりと告げ、更にきつく抱きしめてくる腕に苦笑する。ふわりとセシルを包む、オズワルドの香り。どこか甘い、かすかにバニラの混じった紅茶の香り。

「とにかくまずはあの贈り物を仕分けないと」

「なんでそうなる！」

身体を離したオズワルドが、まっすぐにセシルを見下ろしてくる。それに、彼女は真剣な表情で言った。

「どうやらジャスティンさんの股間事情はああいった贈り物に原因があるようなのです。ということはですよ、もしかしたらオズワルド様の股間にも危機が訪れるかもしれません！　そうなる前に原因を探らないと大変なことになります！」

「――――……どこから突っ込んだらいいのかわからないよ、俺は」

拳を握りしめ、きりっとした顔で告げるセシルの横で、オズワルドは突如襲いくる頭痛を堪えるように頭を抱えるのであった。

★☆★

「あいつの脳内がどうなってるのか俺にはわからん」

隊服よりもずっとラフな、シャツにズボン、ブーツという平民のような格好をしたオズワルドがいつものごとく、煙と油で黒ずんだ木製のテーブルについている。格安の料理と酒を提供する店の、張り出した天幕の下で労働階級の人達が昼休憩を取っていて、その一角に、オズワルドとザックは連日陣取っていた。

店主には自分達の身分と、最近この辺りに出没している「らしい」魔獣を追って張り込んでいると説明はしてあったため、回転が悪くなると追い出されることもなく数時間滞在している。

店の奥から漂ってくる肉を焼く香りと、パンが焼ける匂いが通りにも溢《あふ》れている。赤いスープに小麦の麺が浮く異国の料理がこの店の一番人気で、オズワルドの前にも深皿に盛られたそれが置いてあった。濃い味の、炒《いた》めたひき肉と小松菜が乗っている麺をフォークで器用にすくい上げて食べていると、入れ代わり立ち代わりやってくる職人達を見ながらザックが肩を竦《すく》めた。

「恋愛初心者のオズワルド君はセシル嬢に嫉妬してもらいたいということか」

冷たい、焙煎《ばいせん》した麦のお茶を飲みながら言えば、正面に座るオズワルドがむせている。

「恋愛初心者とはどういう意味だ」

どうにか麺を飲み込んで言えば、ザックが頬杖《ほおづえ》を突いたままへらりと笑う。

「相手の行きたいところに行ってむくれて帰ってくるようじゃ、まだまだ初心者だと思いますが、フレイア公爵殿」

「……なんで知っているっ」

思わず歯噛《はが》みして言えば、急に笑顔になったザックが両手を上げてみせた。

「ロンの見舞いに行った際に導師から聞いたんだよ」

あの野郎。

第二次魔獣討伐戦において深手を負い、魔獣に乗っ取られる形になってしまった部下は現在、白魔導士村で療養中だ。彼の見舞いに行った帰りに情報を仕入れてきたのかと、嫌そうな顔をするオズワルドに、ザックはにこにこと笑顔で続ける。

「ロンのやつはだいぶ元気になってたよ。魔獣の影響もかなり軽減したんじゃないかって。で、その帰りに導師の屋敷に寄って」

「ちょっと待て。ロンが回復しているのを確認しに行くのは隊の副長としてはありだと思うが、なんでカーティス導師の屋敷に寄る必要があるんだ」

遮るようにして尋ねれば、ザックはぐっと親指を立ててみせた。

「俺がお前達に興味があったから、だッ！」

最後の「だ」の部分で顔面に胡椒瓶《こしょう》を食らう。

顔を押さえてもだえるザックを他所《よそ》に、胡椒瓶を回収したオズワルドが「どうして俺の周りには頭に花が咲いてるやつしかいないんだ」とぶつくさ文句を垂れる。

「他にもいるのか、頭に花が咲いてるやつ」

「自分のことは否定しなくていいのか」

「俺は咲いてないと自負しているからいいの」

なんという前向き思考。

そういうところだぞ、と言い返したくなるのを堪《こら》え、オズワルドはもう一口、と麺を持ち上げた。

「あいつだ、ジャスティン・マーチ。第二隊隊長の」

「あ〜」

頷《うなず》きながら、ザックも自分の皿の蒸しパンを取り上げてかじりつく。丸い形のそれは、子供の頭ほど大きく、中に肉だねが詰まっていた。

「第二隊と共同演習なんかあったか？」

第一隊の予定を思い出しながらザックが尋ねれば、「そうじゃない」とオズワルドが渋面で告げた。

「あいつは今、股間が呪われていて」

「…………は？」

聞き間違いか？　とザックが半眼になった、まさにその瞬間。

絹を裂くような悲鳴が、のどかな午後の空気を劈《つんざ》いた。

瞬間、席を立った二人が五秒とかけずに通りに出る。晩秋の昼間、日は若干西に傾きかけ人々の足元の影がほんの少し長くなっている。

その黒々とした影の中に一つ、異様なものがある。

秋晴れの空、王都の下町、やや人流の落ち着いた午後。

半分未舗装の石畳に、堂々と立つ一羽の鳥。口には何故か露店の揚げパンを咥《くわ》えている。

「あれが……」

ザックの目が、鋭いくちばしと黄色い瞳を持つ、真っ黒な猛禽類《もうきん》をとらえる。

「魔獣か？」

自信なさげになってしまったのは、その真っ黒な鳥が妙に堂々と石畳の上に立っていたからだ。今まで色んなタイプの魔獣を見てきたが、あそこまで逃げもせずにたたずんでいる個体には正直お目にかかったことはなかった。

「さあな」

そんなザックの懸念に、考えてもしょうがないとオズワルドがばっさり切り捨てる。

唐突に空から真っ黒な鳥がおりてきて、持っていた揚げパンを取り上げられた女性が、腰を低くしてあわあわと退避するのを横目に、彼はぱん、と両手を打ち合わせた。

それからすらり、と左右に引き離せば、零《こぼ》れ落ちる光の粒をまき散らし、白刃が姿を現した。ブルーの宝石で装飾された柄《つか》を握る。

市井《しせい》への潜入捜査、ということで周囲に余計なプレッシャーをかけまいと、腰に剣を佩《は》くことなく異空間に保存していた彼は、それをくるりと回転させると一瞬だけ体勢を沈み込ませる。

たん、と地を蹴ってまっすぐに。鳥との間合いを詰める。

数歩で、人波の割れた真ん中に立つ黒鳥にたどり着き、横薙《な》ぎに剣を一閃《いっせん》。

「っ！」

だが触れた傍《そば》から黒鳥は二つに引きちぎられ、分断された影のようなものが空中でとどまり、ぐるぐると渦を巻き始める。

驚愕《きょうがく》とともに、ザックが舌打ちして吐き捨てる。

「何だあれ！　影か!?」

普段の魔獣なら、斬れば倒れる。だが、この黒鳥は実体がないようだ。

「なのに揚げパン食ってるってどういうことだよ」

ザックのツッコミを他所に、渦を巻いていたものが再び合体し、ふわふわと風になびく羽毛をまとったような、輪郭が曖昧な鳥の形になる。

きつく、オズワルドが剣の柄を握りしめた。

「わからん。俺たちが相対するのは実体を持った魔獣だが、知られてないだけで、影みたいな奴がいるのかもしれない」

どうする、と視線でザックに問われ唇を引き結ぶ。

なるほど。

従来の魔獣とは違うために、こうして王都にまで入り込めたということか。

黒鳥は特に何か仕掛けてくる様子もなく、揚げパンを咥えて普通の鳥と同じように首を傾げている。

今まで相対したものと違いすぎて、どんな行動をしてくるのか見分けられない。

斬るべきか、捕獲するべきか……。

一瞬の逡巡《しゅんじゅん》が、黒鳥にチャンスを与えた。

「あ」

ザックが間抜けな声を上げる。オズワルドの目の前で、黒鳥は大きく翼を打ち振るうと王都の空にふわりと舞い上がった。

「ち」

舌打ちし、大急ぎで短距離の移動魔法を使用する。ふわりと身体が浮き上がり、視界に黒い羽根をまき散らして飛び去る黒鳥を確認したオズワルドだったが、この移動魔法は長時間飛ぶことは叶《かな》わない。浮かび上がった後は、その分弧を描いて落ちるだけだ。

秋晴れの空を悠々と黒鳥は飛んでいく。

それを目にしながら、オズワルドは先ほどいた地点から西にだいぶ行った場所へと舞い降りた。

追いかけてザックが降りてくる。

「なあ、あの鳥が飛んでった方向は――」

唐突に空から降りてきた人間二人に通行人が驚く中、ひそりと零されたザックの言葉にオズワルドは苦い顔をした。

「ああ……王城の方だな」


この世界の生きとし生けるもの全てが「魔力核」という何らかの魔力をつかさどる、水晶のような透明な骨を体内に宿している。人間では心臓の付近、一部の骨が魔力核として機能していた。

動物によってその場所は様々だが、そこに宿る魔力が大きければ大きいほど、人間なら魔導士に、獣なら幻獣に、植物なら精霊に変貌していく。

だが大抵の生き物が、そのことに気付かず魔法とは縁のない生活を送るのだが、一部巨大な魔力を持ったものが「何らかの要因」で狂暴化して襲ってくる。それがいわゆる、騎士隊や民間人の間で指摘される「魔獣」だ。

幻獣になるか魔獣になるか、その境目はいまだわかっていない。

王城まで取って返したオズワルドは、騎士団総帥、剣聖・アレクサンダー・ジオーク卿《きょう》に事態を報告し、王城周辺の警備を依頼した後、その足で黒魔導士村を訪れた。

彼らの住まう村は白魔導士村とは違って正確な場所はわからない。ただ、王城にある魔法省の一角の漆黒《しっこく》の扉だけが村へと続く唯一の道なのだ。

そこを潜《くぐ》って、うっそうと生い茂る森の中、点在する丸やら三角やら、奇抜な形の屋敷を横目に、オズワルドはリンゼイ・クロードの住処《すみか》へとやってきた。長《おさ》であり、七英の一人でもある彼女は、高い魔力のせいで、その目を見た者が勝手に攻撃魔法を喰《く》らってしまうという。そのため、いつどんな時でも真っ黒な衣装のフードを目深に被《かぶ》っていた。

そんな彼女は、薄暗い室内で、天井付近まで高さのある椅子に座り、床に置かれた、これまた細長く深い鍋に上から皮をむいたニンニクやら玉ねぎやら香りの強い香草やらをせっせと放り込んでいる。

その彼女に黒い影の存在を話したところ、興味深そうに弾んだ声で答えた。

「ローレライは相手の魔力核を抽出して己のものにしたり、自在に操れることを提示してみせた。そのことを考えると、魔力核はあれど力のない普通の生き物から魔力核を引っぺがし、何かの力を注いで人為的に魔獣を作り出すことも可能ということになりますねぇ」

「じゃあ、さっきの影みたいな奴には人為的な力が働いている可能性がある、ということか」

対してオズワルドは事の重大さに頭を抱えたくなった。そんな彼を気にするでもなくリンゼイが楽しそうに続ける。

「奴らは普通、森の中や山奥、海の底などで、魔力をもとに魔獣化することが多い。故に王都のような、各魔導士がそろい、聖騎士が加護する場所に突然発生する率はほとんどないし、外部から容易には入り込めん。しかも王都に現れたのが普通の様子ではなく影のようだったというなら……人為的な思惑が絡んでいるとみて間違いないでしょうねぇ」

ニンニクを剥《む》く手を止めず、且つ、澱《よど》みなく話すリンゼイの、半分以上顔が覆われたフードから覗く赤い唇が、にいっと横に引かれた。

「だとしたら……これはまた楽しいことになりそうですね」

うふふふふ、と低い笑い声を漏らす彼女を前に、思わず身を引く。それからふと思いついて、オズワルドが身を乗り出した。

「あの魔獣は王城の方へと飛んでいった。ということは、この辺りにそれを作り出して育てている存在がいるってことか？」

「……もしくは王宮かく乱のために飛んでいったか」

ようやく全ての素材を高い位置から放り込み終えたのか、リンゼイがひょいっと椅子から飛び降りた。

「どちらにしろ、最悪なことに変わりはないですね」

王城の周辺は貴族達の街屋敷《タウンハウス》が並んでいる。その中に、王都を混乱に追いやれる魔獣を育てようとしている人物がいるかもしれない……そう彼女は言うのだ。

謀反を企てる者がいると決まったわけではない。魔獣はそのまま王城を通り過ぎ、城壁の外へと飛んでいったかもしれない。

だが、ことは国家転覆にまで発展しそうな内容だ。安易に「危機はない」と宣言はできない。

「あの魔獣モドキがどの界隈《かいわい》に移動したのか、探ることはできるか？」

今度は床に置かれた鍋を魔法で浮かせ、巨大な暖炉の自在鉤《かぎ》にかけながらリンゼイが肩を竦めた。

「……仮に魔獣の発現を感知できたとしたら、君達聖騎士隊がもっと楽に出動できるんじゃないかな」

「……つまり、わからないというわけか」

渋面で呻くオズワルドに「だがしかし」とリンゼイが語を繋ぐ。

「魔獣モドキに何かしらの力を注いでいる存在がいるとしたら……その闇の力の流れを辿《たど》ることはできる」

その言葉にはっと顔を上げると、リンゼイが躍る暖炉の炎を眺めながらますますその笑みを深めた。

「興味があるなぁ……他の生き物の魔力核を、狂暴な方向に堕《お》とす魔術……どんな奴が絡んでるのかなぁ」

うっとりした呟《つぶや》き。

引き籠《こも》りのカーティスといい、やっぱり師匠連中はおかしな人間ばかりだな、と遠いところで考えながら、オズワルドはとりあえずその闇の魔力の動きを確かめて連絡をくれ、とだけ伝えてそこを出た。

ちゃんと聞いていたかどうかは謎だが、まあ、興味がありそうだから大丈夫だろう。

黒魔導士村を抜け、王城を辞すると、黒鳥の行方を追っていたザックが向こうから駆け寄ってきた。

「やっぱり手がかりは掴めなかった」

「どうする？　第一隊は休暇、第二隊は演習、第三、第四隊は遠征に出てる」

街中の見回りをするなら、演習中の第二隊で編成を組んでもらわねばならない。

頭に花の咲いていそうな第二隊の隊長を思い浮かべて、オズワルドは眉間に皺《しわ》を寄せた。それでも彼は有能だ。恐らく今から頼めばあっという間に警らのスケジュールを組んでみせるだろう。

「……そうだな。あの黒鳥が実体化する前にどうにかしないといけない。だが発現を予期はできないとリンゼイ導師には言われたし……」

広い王都の全てを見回るとなると、聖騎士隊だけではなく、普通の騎士達や近衛隊の力も借りる必要性が出てくる。それら全てに根回しし、段取りを決め、決済を貰《もら》うとなると……。

「ジオーク総帥には話を通してあるから、編成が必要かどうかは上の判断を待とう。マーチには俺から隊を編成しておけと話しておく。他の騎士隊を動かすよりも先に、第二で見回りをしておけば少なくとも異変が起きた際に対処はできる」

「わかった。俺達はどうする？」

「俺達は……休暇中だ」

昨今、休暇を取らずに仕事をすると他の部署が迷惑をこうむるので、休みだけはきちんと取るようにと政務部から通達が来ている。

「だが国家転覆をもくろむテロリストが関わっている可能性を否定できない今、悠長に休暇を楽しんでいる場合でもないだろう」

「……そうか」

緊急事態ということだ。

「遠くに遊びに行ってる者もいるだろうから、隊舎にいる手がすいてる連中だけでも集めてくれ。第二隊が編成を終えるまで俺達で黒鳥が消えた西地区を探そう。くれぐれも」

走り出そうとするザックにくぎを刺す。

「貴族連中にパニックを起こさせるな。聖騎士の隊服でうろつけば、一発で何か不穏な事態が起きている勘繰られる。私服……それも高級住宅街《フェールズ》にいても怪しまれない格好で、固まらずに行動しろと厳命しとけ」

「……あいつら、ジャケットにタイなんて持ってたかな」

ぼやくザックに、オズワルドは非情にも告げた。

「ないなら使用人っぽい格好で行け」

手を振って走るザックを横目に、オズワルドも急ぎ、自宅のあるフェールズ地区を目指す。とにかく黒鳥の行方を探さなくてはならない。先ほどのような事件が起きれば民間人とは違って大仰に騒ぎ立てるに決まっている。

それに。

(国家転覆をもくろみそうな連中……)

曲がりなりにもオズワルドは公爵だ。王都防衛を担う傍ら、為政にも噛んでいる。聖騎士としての仕事が忙しく、議会に顔を出す機会は少ないが、それでも国政を担う連中にどういう人間がいるかくらいは把握していた。

（過激な発言をする者を最近は見た覚えはないが……密《ひそ》かに台頭しようとしてる連中がいるのか？）

その辺からも探りを入れてもらうべく、王党派の連中に屋敷から依頼の手紙を出さなければならない。

やることの多さに苛立《いらだ》ちながら、オズワルドは帰り着いた屋敷でわき目もふらず、一直線に執務室へと向かった。

そのため、彼はセシルが単身外出していることを知らなかった。

知ったのは日も落ちてからだいぶ経《た》った頃。

青ざめた執事から、彼女が戻ってきていないと報告を受けた時であった。

オズワルドが黒鳥の件でドタバタする少し前、「もしかしたらこれが原因かもしれない」とジャスティンからセシルへと手紙が来た。

原因となる「それ」を持っていきましょうか、と書かれていたが、セシルは屋敷内にオズワルドの呪いに影響を与えそうなものを持ち込みたくなかったので、返答を待っていた騎士団の従僕に「こちらから伺います」と手紙を渡して帰した。

今日、ブリジッドは市場に何やら珍しい高級魚が入ったと聞きつけて朝から出かけていて、セシルが護衛を頼める人がいない。

だが、そもそも護衛なんか必要ない人間だし、曲がりなりにも自分は白魔導士で、能力は低いとはいえ身を守る術《すべ》くらいは心得ている。

オズワルドの解呪を実行していた、公爵家の狩猟小屋の方が危険といえば危険だったし、あの時から買い物に一人で出かけていたのだからと、彼女は書き置きだけ玄関ホールのテーブルの上に残して第二騎士隊の隊舎へとやってきた。

ジャスティンは隊の訓練棟で待っていた。

板張りの床に天井の高いそこで、騎士達は剣術はもちろん、様々な運動や訓練を行っているのだという。

「今の時間は休憩をしてる者が多いし、こういったものは狭いところよりも広いところで開封した方が、万が一の時の被害が少ないいんじゃないかなと思いまして」

そう言いながら、だだっぴろい訓練棟のど真ん中に立つジャスティンが細長い箱をセシルに手渡した。

割と厚手のボール箱で、おしゃれな濃い藍色をしている。

「確かにこれは……」

今まで見てきた贈り物からは、様々な色が見て取れた。だがこれはジャスティンが不審がるように、黒っぽい色が濃く溢《あふ》れ、時折赤い色が見て取れる。

「怪しいですね。中身は確認したんですか？」

「一応」

頷《うなず》くジャスティンの前でぱかりと蓋を開けてみる。中に入っていたのは、一本の羽根ペンだった。

一見すると黒く見えるが、天井付近にある窓から降り注ぐ日差しにかざしてみれば、濃い青色だと気付く。だがまとわりつくように黒い靄《もや》がかかり、本来の色味は靄の隙間にちらちら見える程度だ。

ふわふわ漂う靄とジャスティンの股間辺りを覆うそれを見比べてみる。

「……言葉の鎖もないですし、ただ漂うだけのこの感じは……十中八九、同じものでしょうね」

「やっぱり！　なんとなく嫌な予感がしたんです」

そう言って彼が差し出したのは、一枚のカードだった。そこには流れるように美しい、お手本のような手跡《て》で一言書き添えられていた。

「『返事を頂戴』……え、お返事してないいんですか？」

思わず半眼で問い返せば、彼はぶんぶんと首を振った。

「返事をくれ、以前にこの人と話したこともありませんよ」

「え？」

慌ててカードに目を落とす。

「サインは……マーガレットってなってますけど、お心当たりは……」

「ない」

きっぱりと断言されて、ふうっとセシルが溜息《ためいき》を吐《つ》く。このカードと呪いモドキをまとった羽根ペンから考えるに、ジャスティンの股間に影響を与えているのはまず間違いなく、この品の送り主だろう。

「どこから来たものなのかはわかりますか？　送り先というか……」

「事務所で帳簿は取ってると思います。ただその……」

「量が多いということですね。でも、このマーガレットとやらに心当たりがないというのなら、調べるしかないでしょう」

羽根ペンとカードをボール箱に移し、セシルは先に立ってこの間訪れた倉庫の事務所を目指す。そして、意外なことにあっさりと羽根ペンの送り主が誰なのかわかった。

「ああ、これ。いつ送られてきたかははっきり覚えてませんが、珍しく馬車に乗った執事の方がお持ちになったので覚えてますよ」

「え!?」

セシルが驚いて目を見張る。

「執事さん、ですか？」

「ええ」

事務員が背後の棚から分厚いファイルを取り出し、ページをめくる。

「それなのに……あの倉庫に？」

恐る恐る尋ねれば、顔を上げた彼が丸い眼鏡のレンズをきらりと光らせた。

「個人からの送付物は全て、そちらに収納します」

「はあ……」

どうやら「ここに送られてくるもの」はたとえ王侯貴族からの手紙や贈り物であっても、緊急事態を告げる内容のものであっても、個人からの送付物である場合は「倉庫の個人ボックスに送られる」ということなのだろう。

確認を怠った側の失態、ということだ。

(まあでも……オズワルド様が言うように、本当に大事な、それこそ救済してもらった村の代表とか、議会名義のものは屋敷に届くからいいのか)

だが、ジャスティンはどうなのか。隊舎で暮らしているのか、それとも邸宅があったりするのだろうか。

「あの、ジャスティンさんは緊急のお手紙とかはどうしてるんですか？」

疑問に思い隣に立つ彼に聞いてみる。

「ああ、それならここから近いところに集合住宅《アパート》を借りてるから、そこで受け取ってるよ。ただ、住所を知ってるのは騎士団だけだから、緊急性がないものがここに送られてくることになるね」

隊長クラスになると、隊舎で生活しなくても問題なくなるのか。

なるほどなるほど、と一人頷いていると、「ありましたよ」と事務員さんがファイルの中の一ページを二人に向かって差し出した。

「この方ですね。マーガレット・キャンディス。シェフィールド伯爵令嬢、とあります」

大きく目を見張った二人が顔を見合わせる。

「伯爵……」

「令嬢……」

そんな人物が、どうして『返事を寄越せ』と手紙までつけてジャスティンの股間を呪うのか。

「お心当たりは？」

尋ねると、彼は眉間に皺《しわ》をよせうんうん唸《うな》りながら考え込む。多分、自分が参加した過去の夜会や何かを思い返しているのだろう。

腕を組み、前屈してまで思い出そうとする彼を、事務員さんと二人で固唾《かたず》をのんで見守る。やがて顔を上げたジャスティンは、唇の両端を引き下げた妙な顔のままふるふると首を振った。

「まっっっったくないっ！」

やっぱりか！

はうっと溜息を吐き、セシルは目の前にあるファイルをじっと眺める。伯爵令嬢ならば、恐らくセシルが滞在しているフェールズ地区に屋敷があるはずだ。

「わかりました」

一つ頷き、セシルはぐっと拳を握りしめた。

「ここで考えてもわかりませんから、直接お屋敷を訪問してみましょう！」


「裏口へお回りください。こちらはあなたのような方が訪れる場所ではありません」

「え？　でも――」

続く言葉をシャットアウトするように、目の前で重厚な扉が閉まる。それを見上げて、セシルはぽかんとした。

それから自らの格好に視線を落とす。

確かに……正面から訪問していいようなドレッシーな姿はしていない。普段と変わらない、白魔導士の格好だ。

(白魔導士……というか、魔導士が訪ねてきたら普通正面の扉を開けるんじゃないの!?)

むうっと唇を尖《とが》らせる。だがこれ以上粘ってもいいことはなさそうだと、盛大な溜息を吐いてアプローチの階段を下りた。

本来ならば、セシルとジャスティンの二人でシェフィールド屋敷《ハウス》を訪れるはずだったのだが、隊舎を出る直前に第二隊の騎士が走ってきて、緊急事態だと彼に告げた。すわ、一大事！　とばかりに駆け出すジャスティンを見送り、セシルも今日は訪問を諦めて後日にしようかと考えた。

だが、件《くだん》の令嬢がどういった人物なのかを確認するくらいはいいだろうと考え、事務員さんから屋敷の位置を教えてもらった。

公爵家から歩いていける距離だったので、フェールズ地区まで馬車で戻りそのままやってきたのだが。

「もしかして訪問販売の方ですか？　だとしたらお断りするのがマニュアルなので」

裏口に出てきた従僕が、セシルの頭のてっぺんからつま先まで視線を走らせ、あっさり告げる。

確かに。

確かに、セシルが着ている白魔導士のローブにはポケットがたくさんついているし、腰につけているベルトには薬の袋や小さな瓶なんかがぶら下がっている。胡散臭《うさんくさ》い訪問販売員に見えても仕方ないだろう。

（杖《つえ》でも持ってくればよかったかな……）

魔導士という職業は意外と市井《しせい》の人達には知れ渡っている。魔導士特有の袖と裾が長く、フードがついていたりするローブを着ているとほとんどの人が「魔導士様」として歓待してくれる。

そのため、魔導士を意味する杖（木製のものから金属製のものまで幅広くあるが、杖を使った魔導はそんなにないため、ほぼ身分証明書のような役割しか持っていない）はいらないのだが、ここ、高級住宅街地区《フェールズ》では必要だったようだ。

目の前の従僕の、切りそろえられた栗《くり》色の前髪や、荒れた様子のない手、日に焼けていない顔と、つんと高慢に持ち上がった鼻を眺めながら、セシルは丁寧に告げた。

「訪問販売ではありません。私は白魔導士村から来ました、セシル・ローズウッドと申します。実は騎士団から頼まれて、こちらのお屋敷から送られてきた品の調査をしております」

騎士団、という単語を聞いた従僕が目を見張る。何か心当たりがあるのかと、じっと見詰めていると、にっと笑った彼が、扉の隣にあるベンチを指さした。

「なるほどなるほど、その要件の来訪者ですか。それでしたらそちらで少々お待ちください」

「いえ、贈った人物とかはわかってるので――」

再び鼻先で扉が閉まる。二回目だ。さすがのセシルも鼻っ柱に皺を寄せて怒り任せにどすん、とベンチに腰を下ろした。

(まったく！　人を何だと思ってるのかしら)

苛立《いらだ》ちまぎれに腕を組む。ひとしきり胸の内で悪態をついた後、思考を切り替えるように先ほど相対した従僕の様子を思い出す。

彼はシェフィールド嬢が騎士団に……それもジャスティンに『何か』を送ったのを知っている様子だった。「その要件」って言っていたし。そして、それを周囲に知られたくないと思っているようでもあった。

(でも何故《なぜ》かしら……まあ、伯爵令嬢が人気の騎士とはいえ、平民出身の異性に物を贈るのはあまりよろしく思われないってことなのかな……もしかしたら婚約者とかいるかもしれないし……)

さわさわと葉擦れの音がし、ふとセシルが目を上げればお向かいの屋敷の裏庭が通りの向こうに見えた。二つの屋敷の間の裏通りを歩く人は少なく、晩秋の日差しを受けて、黄色く色づいた銀杏《いちょう》が銀色の葉裏を見せながら揺れている。

のんびりとした、小春日和の昼下がり。

深呼吸をし、セシルは良く晴れた空を見上げる。

何故呪うことにしたのか、だとしたらどうやってその手段を得たのか、そもそも何故ジャスティンに憧れることになったのか……。あれこれ考え、なんとなく見上げていた空の一角に、黒っぽい影が現れる。それが急激に大きくなるのに気付き、セシルはぱっと立ち上がった。

「な……なに⁉」

向かいの木立の向こうから、真っ黒なものが近づいてくる。それは羽ばたきをし、その度に黒っぽい霞《かすみ》をまき散らしている。

そう、ジャスティンの股間を覆っている霞と似たようなものを。

「………羽根ペンの……贈り物……」

セシルの真上を通過したそれは、屋敷の屋根に触れた瞬間、ばらりとほどけた。

「！」

セシルの目の前で、鳥らしき物体は細い煙となり、天窓の隙間から中へと入り込んでいく。

「ちょっとちょっとちょっと！」

怪しい。思いっきり怪しい。

あの鳥は何なのか。絶対に間違いなく、ジャスティンの股間と関係があるだろう。見た目はまるっきり魔獣だったが、核のある存在があんな風にばらばらにほどけるなんて考えられない。

というか、あんな魔獣らしき存在が屋敷の中に入り込んでいいわけがない。

（とにかく確認しなくちゃ！）

緊急事態です、と告げるべく再び裏口をノックしようとしたセシルは、唐突に扉が開き、驚いて目を見張る。目の前に立っていたのは先ほどの従僕だ。

「あのっ！」

勢い込んで口を開いた、まさにその瞬間。

目の前の従僕の口が裂けた。

にっという感じに引き上げられた口の端が、耳の辺りまで達する。

目まぐるしいセシルの思考が一瞬、停止する。

そして正常に動き出す直前、その男は彼女の目の前に掌《てのひら》を掲げ、そこから溢れた真っ黒な邪気がセシルを直撃し、許容量がぎりぎりだった彼女はあっという間に気絶してしまったのである。

★☆★

フェールズ地区に紛れ込んだ黒鳥を探し出せず、その日は終わろうとしていた。だが、魔獣が紛れ込んだかもしれない、という現状から夜を徹しての捜索と見張りが行われている。加えて貴族達のパーティは晩餐《ばんさん》の時間から始まり朝方まで続くので、高級住宅が立ち並ぶこの地区は不夜城のごとく、どの屋敷も明かりがともり、大きな通りには馬車や人が溢れていた。

その中を着慣れない背広や従僕のお仕着せ、馬丁のような格好をした騎士達がうろうろと歩き回っており、更にその間をウェストコートにネクタイ、ズボンというでたちのオズワルドが駆け回っていた。

セシルがいないと聞いた瞬間、頭が真っ白になった。あのくそ生意気な白魔導士は職務には忠実だ。

オズワルドに治療を行うことを忘れたりしない。時折不審なものを持ち込まれるが、その際のやり取りも、実は気に入っていたりするのだが、セシル相手には言わない。

言ったら更につけ上がると知っているからだ。

その彼女が戻ってこないなんて。

（……甘さの欠片《かけら》もないやり取りだけど……）

辺りを見渡し、目当ての人物を探しながらオズワルドは苦笑と共にそう考える。

それがオズワルドとセシルの関係で、何故か居心地がいいと思ってしまった。

自分から欲しいと手を伸ばしたのも彼女が最初だ。寄せられる好意には慣れていたが、あんな雑な扱いはされたことがない。

そしてちょっとずつ寄せてくれる「信頼」も。

（セシル……）

彼の脳裏に「あの日」見た彼女のことが過《よぎ》った。

騙《だま》されて精霊の森に連れていかれたと思っていたあの日。素材集めの人手として考えられていたのだと、そう思った。だが違った。

違ったと……知った。

（くそ……ッ！）

やはり彼女を『助けられる』のは自分だけなのだと、オズワルドは走りながら考えた。

あの瞬間に思ったのと同じように——……。


「な!?」

あの弟子にしてこの師匠ありだ。

薬液をかけられるのは二度目のオズワルドが、ぽたぽたと顎から落ちる雫《しずく》もそのままに、大声で不服を訴えようとする。

それに先んじて、冷たすぎるカーティスの声が耳を打った。

「説明するのが面倒だから、見てきなさい」

途端、世界がぐらりと傾《かし》ぎ、足元が消えうせる。

唐突に暗い穴に落ちていく、どうしようもない浮遊感に文句は消え、歯を食いしばって耐える。時間にして恐らく数秒。だが酷《ひど》く長い数秒の結果、上下左右がわからなくなる眩暈《めまい》の果てに、ようやく地に足がつく感触がして、オズワルドはそろそろと目を開けた。

「……ん?」

そこは先ほどと全く変わらない、違うのは正面の窓から明るい日差しが差し込んでいるというところだけの、カーティスの書斎があった。

「……一体……?」

ふと気配を感じて後ろを振り返り、オズワルドはそこにかすかに目を見張ったカーティスを認めて身体《からだ》から力を抜いた。

「よかった。説明してくれ、これはどういうことだ？　なんで夜が明けている？」

一歩前に出て尋ねるオズワルドに、カーティスは怪訝《けげん》そうな顔をし、それからゆっくりと歩み寄ると手を伸ばした。

その手が、するりとオズワルドの身体を貫く。

「!?」

ぎょっとするオズワルドを他所《よそ》に、カーティスは一つ頷く。

「ぶしつけな物言いをするから何事かと思ったが、なるほど。貴殿はどうやら飛ばされてきたみたいだな」

「え？」

「気にするな。恐らくはわたしと貴殿の出会いも単なる幻で終わるはず。何しろ、貴殿はただ、来たところからこちらを覗《のぞ》き見ているだけなのだろうからな。そしてわたしは貴殿を覚えている余裕もない。ふん、ある意味わたしが考えそうなことだな」

「？」

全く意味がわからない。

だが、カーティスはそれで全ての問題に片がついたと言わんばかりに、あっさりとオズワルドから興味を失《な》くし、書斎の椅子に座ると膨大な書類と本に向き合う。

待てど暮らせど、向こうからの説明はなく、オズワルドは溜息を吐いて手を伸ばし、何かに触れようとした。だが、それを己の手が通過し、自分には実態がないことにようやく気付いた。

今さっき、カーティスは「飛ばされてきた」と言っていた。そして、その「飛ばされる」前。ランプの明かりしかない書斎で、カーティスは何と言っていた？

（事物が持つ記憶を具現化するとかなんとか言っていなかったか……？）

ではこれは先ほどの本が持つ記憶ということだろうか？　そうだとすれば一体何のためにそれを具現化して放り込んだ？　彼女が屋敷に戻ってない理由の説明になるというが……？

その時不意に、書斎の扉がばーんと勢いよく開かれ、可愛《かわい》らしい、幼い大声が飛び込んできた。

「おっしょーさま、おっしょーさま、おっしょーさま！　セシルは見たのです！　やっぱりあの森にはナゾがあります！　そのナゾをセシルは『かいめい』したいのです！」

「!?」

飛び込んできたのは、窓からの光に赤く透ける栗色の髪に、大きな琥珀《こはく》色のどんぐり眼《まなこ》をきらきらさせて、顔中を好奇と興奮に紅潮させた小さな少女で。

「………………セシル、師匠は一人しかいないのだから一回でいい。あと、あの森には」

「まだ五さいのセシルは入れませんが、センパイたちが入っていくのをみたのです！　おっしょーさまはセシルにはむりだといいましたが、セシルはぜったいにあきらめません！　そしてあの森のナゾをかいめいします！」

ふんす、と両手を握りしめて息を吐くその様子に、オズワルドは開いた口が塞がらなかった。

というか。

（――――五歳児の頃からこんなにうるさかったのか、こいつは！）

わあわあと何か幼いながらに一生懸命訴えるセシル・ローズウッド五歳。

その止まらない勢いに面食らうオズワルドを他所に、慣れた様子のカーティスが若干うんざりしたように口を開いた。

「セシル。何度も言うが、精霊の森は選ばれた者しか入れない。入り口で弾《はじ》かれる。それは理解しているだろう？」

「りかいしています。でもわたしだっておっしょーさまのように、まりょくの高い人か強い人といっしょなら入れるんですよね？」

カーティスの座る椅子の、その肘掛けに両手を置いてぴょんこぴょんこ飛び跳ねるセシルに、師匠は思わず苦笑をしたようだ。

「まあ……それはそうだな」

「ならいますぐ、まりょくの高い人を探しにいきます！」

「待ちなさい」

すっ飛んでいきそうな五歳児の、白魔導士のローブを掴《つか》む。

「あの森には竜がいる。それと戦うことになるかもしれない」

「りゅう……」

「精霊の森には竜がいる。それと戦うことが、あの森での試練の一つで、尚且《なおか》つ、白魔導士としての卒業試験になる」

「そつぎょうしけん……」

眉間に皺を寄せ神妙な顔でそう呟《つぶや》く。だが恐らくその単語の意味がわかってはいないだろう。それでも精一杯わかったふりをする弟子を見詰めながら、カーティスは溜息を吐いた。

「この間竜について調べるから本を教えてくれと言っていたが……指定した本は見つかったのか？」

「……もっかい探してきます！」

探していなかったな、と半眼になる師匠を残し、セシルが入ってきた時と同じくらいの騒々しさで出ていく。

こちらに気付くことなく嵐のように去っていった彼女に、唖然《あぜん》としていたオズワルドはふと、彼女の両親から聞いた話を思い出した。

白魔導士としての魔力が低いセシルには代わりに別の素質があるようだと、そう気付いたローズウッド夫妻がカーティスに相談したのは、白魔導士学園への入学が決まってしばらくしてからだった。

適性試験を何とかクリアした五歳のセシルだが、七歳までは他の子供達と一緒に講義を受けることになっている。そして七歳になった時に、学園の白魔導士の師匠達の一人について、本格的に修業を始めるのだそうだ。

カーティスは若くして村の長《おさ》に選ばれるほど超がつくほど優秀なのだが、人嫌い、出不精、出世争い権力争いに無関心、という立場から弟子を取っていなかった。その彼の元にローズウッド夫妻が相談に来たのは、セシルが持っている「未知の力」がいいものなのか悪いものなのか、彼以外には私情を交えずに公正に判断できる人がいないと思ったからだと、二人は話してくれた。

そして、その判断は正しかった。

セシルが持っている未知の力……どうやら解呪・解毒の力は白黒両魔導士そのどちらにも属さない力のようで、しかも、それを使うセシルの身体に負担が大きいことがわかったのだ。

他の誰に預けても、セシルの未来は望まないものかもしれないと、直感で悟ったカーティスは、彼女の力の研究に興味も湧いて、初めて弟子を取ることにした。

他の子供たちよりも二年早く師匠を得たセシルだが、学校には普通に通い、放課後にカーティスの屋敷で復習をすることになった。

周囲はセシルが落ちこぼれなことに気付いていたので、逆にカーティスに面倒を見てもらってようやく求める白魔導士のレベルに達するのかと、多少憐《あわ》れみの眼で見ていた。そのため、セシルの師匠がカーティスであることに不服を唱える者はいなかった。

……それだけセシルの落ちこぼれ具合が目に見えるほどだった、のでもあるが。

だが本人はいたって「できないこと」を気にするでもなく、「できそうもないので、おっしょーさまにかくにんします！」と堂々と教室で宣言するほどだったという。

そうしてやってきた屋敷で、カーティスから「それができない原因は何か調べなさい」「その事象に関連するものがあるから、調べなさい」「わたしは忙しいから図書室の右側辺りを探して読んできなさい」と言われ続ければ、「知らないこと」イコール「調べればわかる」を理解するのに時間はかからなかった。

今もセシルは意気揚々と図書室に向かって歩いている。

「……あれがあの娘の日常だ」

物思いにふけっていたオズワルドに、カーティスが低く告げる。

振り返った彼に、カーティスは背中を向けたまま淡々と続けた。

「貴殿が何者かは、わたしには興味はないし、貴殿がここに来たのは恐らくあの娘絡みなのであろう。であればあの娘が何をしようとしているのか、見てくればいい」

「自由に歩き回れるのか？」

「……君が見ている魔法が、事物の辿《たど》った記憶を追体験できるものなのだとしたら、君をここに連れてきている物体が辿った時間の範囲でなら移動は可能だ。その事物が外に持ち出されたことがなければ屋敷からは出られないが……わたしが馬鹿弟子のために貴殿を送り込んだのなら、あの娘が行く先にはついていけるだろう」

淡々とした説明だったが、オズワルドはなんとなく……なんとな〜く面白くない気分になる。

「ほんと……なんというか、過保護ですよね、カーティス殿は」

苛立《いらだ》たしげに部屋を横切り、オズワルドが出ていく。その彼に、カーティスは一瞬だけ視線を投げた。それからやれやれと肩を竦《すく》める。

「それを言うなら貴殿の方ではないのかな」

彼女がどこに行ったのか。

だがオズワルドは探すまでもなかった。何故なら調子っぱずれな歌が、荘厳な静けさが満ちる屋敷の中に朗々と響き渡っていたからだ。

「りゅうは～～～どんないきもので～～～どんな～～～すがたなのか～～～セシルは～～～しりたいのですぅ～～～」

自作の歌なのだろう。廊下の奥から響いてくるそれに吹き出しそうになるのを堪《こら》えて、オズワルドはセシルがいると思しき図書室の、半分開いた扉から中に滑り込んだ。ドアに身体が当たったが、やはりすり抜けてしまい、何とも複雑な気分になる。

踏み込んだ図書室の中でセシルは大きなテーブルの上に山と積まれた本の中から一冊を引っ張り出そうとしていた。上に乗った本がぐらぐらと揺れ、今にもセシルの方に雪崩れ落ちそうだ。

「危ない！」

声を発し、慌てて駆け寄るも、彼女は慣れた様子で素早く一冊を引き抜くとひょいっとその場を離れた。どさどさと床に落ちる本をほっとした面持ちで眺めるオズワルドは、こちらを見上げる視線を感じて目を落とした。丸い頭の五歳児が、どんぐり眼と口をぽかんと開いてこちらを見上げていた。

「あなただれですか？」

きょとんとして尋ねるセシルに、オズワルドは返答に詰まる。

ここは「事物が見せる過去の世界」であり、恐らく、本物の過去とは違うのだろう。時の移動は禁断魔法の一つだし、カーティス達白魔導士の分野ではなく、どちらかといえば星魔導士の分野だ。

だからまあ、ここで起きたことがセシルの未来に関わることはまずない。仮想現実のようなものだ。

それでもオズワルドは名乗るのをためらった。いきなり「未来の夫です」と言ったところで五歳のセシルに理解できるとは思えないし。

そんなことをつらつら考えていると、むっと顔をしかめたセシルが、怪訝そうに尋ねる。

「おじさん、お話聞いてます？」

「おじ……せめてお兄さんと呼んでくれないかな、セシル・ローズウッド」

フルネームで呼べば、目玉が零《こぼ》れ落ちそうなほど大きく眼《め》を見開いた彼女が両手をにぎにぎする。

「な、なんでわたしの名前をしってるのですか？　おじさんはしろまどーし？」

「違う！　てかお兄さんな！」

「おじさん」

「お兄さん！」

「おじさんは何さいですか？」

半眼で尋ねるセシルに、オズワルドはちょっと胸を張った。

「二十七だ」

「セシルのおとーさんが二十八さいなのでおじさんです」

「…………」

反論が喉元まで出かかるが、どやっと胸を張るセシルの得意そうな表情の前に我慢する。

「わかった。おじさんでいい。だがちょっと待て、そう呼ぶな。俺にはちゃんと名前がある。オズワルドっていうな」

「オズワルドはここでなにをしてるのですか？」

「呼び捨て！　せめて、さんをつけろ！」

「え〜、オズワルドはゆーれーなんでしょ？　ゆーれーは悪いものなので、さんはつけません」

「…………幽霊？」

「だってほら」

怖がる様子もなく、すたすたと歩み寄ってきたセシルが、その小さな手を伸ばしてオズワルドの身体に触れる。するり、と突き抜け、背中からセシルの手が生えた。

「ね」

にこにこ笑って告げるセシルの、あまりにも無防備な様子になんとも複雑な表情をしながら、オズワルドは首を振る。

「お前ね……そういう怪しいものに近寄っちゃダメだと師匠から」

「見て見て、手が四つでカニみたい」

「おい」

「せなかの手が羽みたいなのでとべるかも」

「話を聞け」

捕まえたいところだが捕まらない。きゃっきゃきゃっきゃとはしゃぎながらオズワルドの身体を行ったり来たりするセシルから半歩離れ、腕を組んで睨《にら》みつける。

「それよりお前、本を読むんじゃなかったのか⁉」

すっかり『オズワルド抜け』を楽しんでいたセシルが目を見張ると「そうでした！」とぽんと両手を打ち合わせる。

「オズワルドと遊んでるばあいじゃなかったんです」

酷い言われようだ。

「セシルはりゅうを探していたんです。オズワルドは知ってますか？　りゅう」

微妙な沈黙が落ちた。

「…………知ってるもなにも、騙されて戦ったばかりだよ」

「へ～、おじさんなのにだまされるんですねぇ」

「お前にだけは言われたくない」

自分で抜き取った本をテーブルの上に置くと、引きずってきた椅子に座る。カーティスが選んだと思《おぼ》しき本は、表紙に竜と騎士と姫の絵が描かれた児童書のようだった。だが、五歳の彼女が一人で読むには少々難しいようで、神妙な顔でページをめくるセシルが掴めたのは挿絵《さしえ》を見て、竜というのがどういう形をしているのか、ということくらいのようだ。

じっと文字だけのページを見詰めるセシルがしょぼんと肩を落とす。見かねたオズワルドがそっと声をかけた。

「師匠から言われたのは本当にその本なのか？」

座る彼女の背後から覗き見た限り、やはり少し難しそうでカーティスの指示に思わず苛立ってしまう。

彼女は、あの放任主義の師匠から「わからないことは調べなさい」と言われて、五歳なりに真剣に調べて回ったはずだ。だが彼女が読める単語も意味がわかる単語も物凄《ものすご》く少ない。その中で彼女なりに「調べる」という行為を続けられたのはひとえに、彼女が持つ「諦めの悪さ」や「負けん気」のお陰だろう。

そしてその努力をあの師匠は見ていたのだろうか。

（…………まあ、見てたんだろうな）

だからこそ、少し難しい本を指定しても、きっと彼女は自分でなんとかするだろうと判断したのだ。それが面白くない。とても。非常に。

物言いは大人びているし、妙にしっかりしているし、恐らく他の子供たちよりも断然頭はいいのだろう。それでも、悲しそうなセシルを見るのは胸が痛くなるのだ。

「良かったら」

とうとう裏表紙をぱたりと閉じて、深く考え込んでいるようなポーズをとるセシルに、オズワルドが提案する。

「俺が読んでやろうか？」

それに顔を上げたセシルがどんぐり眼をぱちぱちさせる。それから。

（わ……）

ぱあっと満面の笑みを浮かべるセシルの様子に、オズワルドの胸がぎゅっと痛んだ。多分、だが。

彼女は聡明故に、自らの都合で師匠となったカーティスに読んでほしいとか、教えてほしいとかなかなか言い辛《づら》かったのだろう。あの師匠が何もしないとは思えないから、恐らくは自分の研究の合間に少しずつセシルを鍛えてきたのだろうが、こんな風に誰かから「読んでやろうか？」と世話を焼かれたことがなかったようだ。

あからさまに嬉《うれ》しそうな彼女が勢いよく本を開き、椅子の上でかしこまって居住まいを正す。オズワルドはセシルの背後から手を伸ばしてページをめくろうとしてその手が本を突き抜けた。その様子を見たセシルがうふふ～と可愛らしい笑い声を上げた。

「オズワルドはゆーれーでしたね。しかたないのでセシルがページをめくります」

「……お気遣いどうも」

にこにこ笑いながら、セシルがページをめくり、そこに現れた物語をオズワルドがゆっくりと読み始めたのである。

それは竜に攫《さら》われたお姫様を助けに行く、騎士と魔法使いの話だった。

心躍る冒険譚《たん》、というか、子供が喜びそうな内容だ。読み上げたオズワルドは時折、この魔法使いは黒魔導士だな、とか、この騎士はまだ鍛錬がなってないな、とか自分の解説を入れた。それをセシルが物凄く嫌そうな顔で「だまっててください」と制止する。

そんな押し問答の果てに、やっと攫われたお姫様を助け出してめでたしめでたしまでこぎつけたところで、セシルが深い溜息を吐いた。

「りゅうというものについてよくわかりました」

いつの間にかオズワルドの膝の上に座り（実体がないので実際にセシルが座っているのは椅子なのだが）本を持ち上げたセシルがふむふむと頷く。

「それをたいじしにいくのがわれわれしろまどーしとくろまどーしときしの仕事なのですね」

「まあ、今はそんな怪物は確認されていないがな」

「なんと！」

さらりと零されたオズワルドの台詞《せりふ》に、セシルが目を見張った。

「でも、おっしょーさまはせいれいの森にりゅうがいると言ってました。それにオズワルドも戦ったことがあるのでしょう？」

嘘《うそ》を言うな、と頬を膨らませるセシルに、オズワルドは「じゃあ訂正」とあっさり答えた。

「精霊の森には確かに竜はいる。だがその他では見たことはないな」

「せいれいの森にはいるんですから、もんだいはないです」

ぱたむ、と本を閉じ、彼女はしばらく、その表紙にじっと視線を落とした。それから口の中でなにやらぶつぶつ呟いている。

何を言ってるんだろうかと顔を近寄せると、子供らしい高い体温と、甘い香りがして思わずオズワルドはその柔らかく、すべすべしたほっぺたに唇を寄せた。もちろん、すり抜ける。

「……なにしてるんですか」

「いや、旨《うま》そうだなと思って」

「セシルを食べる気ですか？　おいしくないと思いますよ」

ふん、と鼻で笑って、それから彼女は本を持ち上げると、大股で歩き出した。

「りゅうについてはわかりました。あとはこれに会いにせいれいの森に行くだけですね」

「ちょーっと待った」

その彼女の背中に慌てて声をかける。

「竜に会ってどうするんだ？　戦闘になるぞ」

「でもりっぱなしろまどーしになるにはせいれいの森に入ってりゅうと戦うことがひつようなのだそうです。セシルはりっぱなしろまどーしを目指しているので、一度どんなものかかくにんしておきたいのです」

「別に大人になってからでもいいだろ？」

すたすたと歩いていくセシルを追いかけてそう言えば、くるっと振り返った彼女がえへん、とばかりに胸を張ってみせた。

「セシルはおちこぼれなのでじぜんの予習がものをいうのです」

それからスキップしそうな勢いで屋敷を出ていくセシルを、オズワルドは大急ぎで追いかけた。

「待て！　だからって五歳児のお前が森に入れるわけじゃな――」

その瞬間、いきなりオズワルドの世界が回転した。

「ッ!?」

立っていられず、慌てて傍《そば》にあった机を掴めば、これもまたするりとすり抜け歯噛《はが》みする。

ぐらぐら揺れる身体を支えられず、気付けばオズワルドは頭から真っ逆さまにどこかへと放り出されていた。

耳元で風を切る音がする。ひゅうひゅうと甲高く鳴るそれと、身体を覆う風圧に耐えていると、不意にぽんと勢いよくどこかに押し出された。足の裏が大地を感じ、ざあっと葉擦れの音がしたかと思うと、すがすがしい、緑の香りがオズワルドを包み込んだ。

(眩《まぶ》しッ)

ここはどこだと、確認するように目を開け、柔らかな日差しに目を眇《すが》める。

広々とした草原と、青々とした空。そして、多数の緑色が絡まった、不思議な色味の森が広がっていた。葉っぱの裏が風にめくれ、銀色にちらちら光っている。

一目で精霊の森だと気付いたオズワルドは、セシルがどこかにいるはずだと視線をさまよわせた。

森の入り口が騒がしくなり、平原へと出てくる小道を白魔導士の正装をした集団が歩いてくるのが見えた。

真っ白なローブに金や銀で紋が刺繍《ししゅう》された衣装に、様々な色の帯を締めている。そのローブの裾や袖、フードの端が焦げたり土埃《つちぼこり》に汚れたりしていた。

今しがた戦闘を終えたような、男女五人の集団は、口々に、興奮したように今起きた出来事を話している。

竜、や精霊王、の単語が聞こえてきて、例の試練を受けたのだと悟る。そんな年若い彼らに木陰から誰かが歩み寄ってきた。

（あ……）

日の下ではやや赤く見える栗色の髪。透き通るような琥珀の瞳。両手足をきびきびと動かすその仕草は、紛れもなくセシルのものだ。

だが彼女は、先ほどまでの五歳よりももっと年上で、そしてオズワルドと出会ったセシルよりも少し若い、十代くらいのはつらつとした姿をしていた。

「あのッ！」

わいわい話す彼らの元に、セシルが小走りに近寄る。

「中の様子はどんな感じなんですか？　竜はいました？　やっぱり戦闘は避けられないのでしょうか!?」

胸に何かを抱えた彼女が矢継ぎ早に質問すれば、話しかけられた方が数度目を瞬《しばたた》き、困惑した視線をかわす。なんとも気まずい沈黙が流れた。それから、ふんわりとしたウエーブのかかった髪の女性が、困り顔で切り出した。

「中のことは話せないの。試練の一環だから、己が体験しないと」

ごめんなさいね、と囁《ささや》くように言われ、両手をぎゅっと握りしめたセシルが口の端を震わせる。

「それは……理解してます。でも……」

言葉を探して肩を落としていると、一人の青年が「ああ！」と声を上げた。

「君、カーティス導師の弟子だろ？　魔力が足りなくて白魔導士見習いから抜けられないっていう」

ぎくり、とセシルの身体が強張《こわば》った。同時に、青年を咎《とが》めるような空気が集団の中にも満ちた。だが、青年は空気が読めないのか、からから笑いながら続ける。

「そうかそうか。君、精霊の森に入れないいんだよな？　魔力も技術も足りなくて、一人前として認められない。だから入れないいんだよな？」

「ちょっと」

隣にいた、黒髪の美人が青年の肘を突っつく。だが彼は全く気にも留めずに、大声で続けた。

「半人前を連れて精霊の森に入ろうっていう奴はいないいしなぁ。残念だな、君。この森に入ることもできずに別の道に進まなくちゃいけないいなんて」

普段、何を言われても秒で即答するセシルは、この時は黙ったまま、更にきつく抱えている何かを抱きしめる。それから彼女は力なく笑った。眉尻が下がり、でも胸元の手は真っ白だ。

（セシル……）

気付けばオズワルドは奥歯を噛み締め、彼女達に向かって決然と歩き出していた。

（何も知らないくせに）

彼女はまさに努力の人だ。それこそ……五歳の時から。

――セシルはおちこぼれなのでじぜんの予習がものをいうのです。

その精神はきっと今も彼女の中にある。それを知らない連中が適当なことを言ってセシルを傷つけている。

それを黙って見てなどいられるか。

（彼女は俺の未来の嫁だッ）

誰であろうと、フレイア公爵夫人を馬鹿にしていいわけがない。徐々に怒りにより内圧を高めていたオズワルドが、自分が認識されるかどうかも考えず集団のただなかに突っ込んだ。

「お前らな！　彼女が今までどれだけ苦労をして白魔導士として頑張ろうとしてきたのか、何も知らないで偉そうな口をきくな！」

声を張り上げ、セシルの前に立つ。

だが、その様子に驚いたように目を見張ったのはセシルだけだ。

「おい、聞いてるのか⁉」

オズワルドが伸ばした手は、やはりというか当然というか、青年の肩を突き抜ける。唖然とするセシルを見下ろしたまま、青年は憐れむように肩を竦めた。

「ま、白魔導士だけが己の道じゃないよ。落ち込まずに頑張れよ！」

「おい！」

オズワルドの怒声も無視し、青年は意気揚々と、他の人は気まずげにその場を通り過ぎていく。自分の身体を突き抜けていく彼らに、オズワルドは歯ぎしりした。

「何なんだよ、あの連中！」

「あなたこそ何者ですか」

一人怒り心頭に発していると、不意にセシルがおずおずと声をかけてきた。はっと振り返れば、困惑した表情の彼女がこちらを見上げている。

「何って」

お前の旦那（予定）だ。

だがその台詞をぐっと堪えて、腕を組む。

「通りすがりの幽霊だ」

「幽霊！　ほほう……初めて見ました」

今度は目をきらきらさせて近寄ってくるセシルの、その顔にずいっと顔を近寄せ、オズワルドは目に怒りを込めたまま訴える。

「なんであんな連中の言いたいようにさせてるんだよ！　お前なら三倍にして言い返せるだろ！」

ぎゅっと眉間に皺を寄せてそう訴えれば、むっとしたようにセシルが顔をしかめる。

「そうですけど、事実は事実なので。それを受け入れずに言い返すのは単なる馬鹿です」

「だからって」

「私が！」

言い募るオズワルドを制し、セシルが声を荒らげた。

「半人前にも満たなくて、精霊の森に入れなくて、なら強力な魔力や力を持っている人間に連れていってもらおうにもそんな人いなくて……。だから……私が卒業するために、竜の鱗《うろこ》を手に入れるのは……奇跡に近いんです」

照る日の下で、セシルの顔は白く青ざめていた。かすかに浮かんだ笑みに、色濃く滲《にじ》む諦め。がっくりと落ちた肩。だが一冊の本を抱きしめるその手は白く、震えている。本のタイトルは、先ほどオズワルドが読んで聞かせたものだ。

「だから話だけでも聞けたらなって」

俯《うつむ》いたまま、紡がれたセシルの台詞に、ぎゅっとオズワルドの胸が痛む。

「白魔導士の村に生まれたら、ほとんどの子供は白魔導士の学校に通います。小さい時、それがどうしてなのかわからなくて」

村の方針なのか、持っている力の資質なのか、とにかくそう決まっている場合が多い。だが目を伏せるセシルの様子から、幼いながらにそのことに疑問を抱いていたのだろうとオズワルドは気が付いた。

「私、凄くお転婆で。気になっているものを見つけたらすぐ追いかけていくような子供で」

ある日、ふわふわ飛ぶ綺麗《きれい》な蝶々《ちょうちょう》を追いかけて結構な高さの断崖から落ちかかったのだという。

「それを間一髪助けてくれたのが、白魔導士学校のお姉さんで。地面に激突する寸前にふわりと何かが身体を包み、後から考えると防御魔法の一つだとわかったんです」

あの日、見上げた青空と自分を抱き上げてくれた腕の感触と、綺麗な栗色の髪くらいしか覚えていないが、凛《りん》とした空気と優しげな雰囲気にセシルは一気に感情が高ぶったのだという。

「あれからずっと……修業をしてきましたが、私、才能ないんです。竜も見られない。卒業もできない。だから……」

自分の中の好奇心を満たして、諦めるために。

ぎゅっと本を抱きしめるセシルの姿に、彼はたまらず行動を起こしていた。

実体のないオズワルドはセシルを見ることしかできない。それはわかっている。でも笑いながら泣きそうな彼女を慰めたくてどうしようもなく、彼はセシルの唇に自らの唇を寄せた。

触れられないはずなのに、何故か感じる熱く柔らかい彼女の唇。

「!?」

驚いて身を引く彼女を、オズワルドは慌てて「掴ん」だ。触れないはずなのに、硬く、冷たくなった手を感じ、ぎゅっと握りしめる。

「……その時に、なりたいって思ったんだろう？　白魔導士に。彼女に、憧れて」

動揺に揺れる、年若いセシルの琥珀の瞳を覗き込んで、オズワルドは怒りを押し殺した声で続けた。

「それを諦めたと君は言うが……ならなんで」

彼女が抱える一冊の本に視線を落とす。

「こんなに強く……大事なそれを抱きしめているんだ？」

はっと、綺麗な琥珀の瞳が揺れた。夕焼けのように赤く、オレンジ色が差すその瞳。それを見詰めながら、オズワルドは静かに続けた。

「話を聞いている間中、君はその本を抱きしめていた。何故だ？　それが君の憧れで、大切な夢で、君の希望だからじゃないのか？」

「それは……」

「セシル・ローズウッド」

名前を呼ばれ、セシルの身体が震えた。その様子を余すところなく瞳の中に収め、そっと続ける。

「君はその本をいまだに持っている。それは諦めていないのだと、そういうことにならないか？」

告げた瞬間、セシルの瞳が大きく揺らぎ、透明な涙が溢れるのが見えた。

(ああそうか……)

オズワルドがセシルと出会った時、彼女は白魔導士の道は諦めて薬師になると言っていた。多分、今目の前にいるセシルよりももっと歳《とし》を重ねた彼女は、頑張って頑張って……自分が「落ちこぼれ」であることを飲み込んできたのだろう。

そしてそれに代わるものも、どうにかして見つけた。

あのローレライにもできないこと。オズワルドの呪いを解くこと。

でも心のどこかには恐らくまだ、五歳の……そして今いる十代のセシルは眠っているはずで。

くしゃり、と目の前のセシルの顔が歪《ゆが》んだ。それからぼろぼろと涙を零し始める。

「…………なんで私は……きちんとした白魔導士になれないんでしょーか」

奥歯を噛み締めて、呻《うめ》くように言われたその言葉。

「どうして魔力が足りないんでしょーか……あの方みたいになりたいのに……なんで……」

空いている片手でぐいっと涙をぬぐう。

「なんで精霊の森に入れないんでしょーかッ……他のみんなは……入れるのになんでッ」

俯き、嗚咽《おえつ》を漏らして震える頭頂部を見詰めながら、オズワルドは精霊の森に置いてきてしまった、しょんぼりと肩を落とす「今のセシル」を思い出した。

デートだと偽って連れ出されたとそう思った。

行きたい所はないかと尋ねて、連れていかれて目にしたのが戦闘で。結局彼女にとって自分は都合よく利用されるだけの存在なのかとそう、落胆した。

（…………そうじゃなかった）

半端者のセシルを連れて、精霊の森に入るためには、自分をカバーするほどの魔力や力を持った存在がいなければいけない。

それこそ。

七英の一人のような。

（……セシル……）

きっと奇跡だとそう思ったのだろう。あの森に入れるのかもしれないと。そして竜が認めれば戦闘になる。勝てば鱗《うろこ》が手に入る。それは卒業の証《あかし》にはならないかもしれないが自分の五歳からの夢が叶《かな》う瞬間だった。

（馬鹿だな）

言えばよかったのに。断られるとでも思ったのだろうか。いや違う。

（…………馬鹿にされると思ったのか……）

精霊の森に入れない落ちこぼれの自分を、どうにか克服したとはいえ。それでもオズワルドにそのことを話して幻滅されたらどうしようと、そう思ったのかもしれない。

そんなたまには見えないが、今、しゃくり上げる十代のセシルを見ていると、傷つきやすい彼女もまた、あのちんまい身体の中に抱え込んでいるのかもしれない。

「大丈夫だ」

気付けばオズワルドは、セシルをしっかりと抱きしめていた。しがみつく彼女の耳元でそっと囁く。

「俺が……君をあの森へ連れていってあげるから」

「え？」

かすれた返事に、混じる小さな期待。それに応えるように、オズワルドはしっかりと告げた。

「俺なら君を……あの森に連れていってあげられる」

だからもう、泣くな。

そうして、ゆっくりと身体を離し、きらきらした彼女の琥珀の瞳を見上げキスをしようとして。

唐突に足元が消え、あっという間に奈落の底へと落とされてしまったのである。


(俺が連れていくと約束した……現実の彼女とも。なのにッ)

彼女と自分を繋《つな》いだあの本は、こっそりカーティスの部屋から持って帰ってきた。師匠が気付いているのかはわからないが、どうしても……自分の手元に置きたかったからだ。

姫を助ける騎士。それは……自分であるはずだ。セシルを救う騎士は自分だけでいい。

それなのに。

奴、に頼んだ担当の番地にまでたどり着き、オズワルドは周囲を見渡す。セシルが戻ってこないと言ったコールトンはテーブルの上の書き置きを見つけて主《あるじ》に差し出した。他に届いた郵便に紛れて見つけるのが遅くなったと、痛恨の極みという顔で告げられた。

もしかしたら帰ってくるかもしれないから少し待ってみては、というブリジッドの進言を却下し、オズワルドは着の身着のまま通りへと飛び出した。探す相手はただ一人。

「！　ジャスティン・マーチッ！」

フェールズ地区内でものんびりとした空気の漂う、公園の入り口付近。街灯がともる中、暗闇に目を凝らしている人物に、オズワルドは声を荒らげた。

「クリーヴァ隊長？」

振り返り、驚いたような声が相手から返ってくる。

真っ暗な木立を見上げて黒い鳥が見えるものか、というもっともすぎる意見を飲み込み、オズワルドは彼の元に駆け寄ると、その胸倉を勢いよく掴み上げた。

「うわ⁉」

「セシルをどこへやった⁉　彼女に何かあってみろ、ただじゃ済まさないからなッ」

殺意の滲む金緑の瞳を前に、ジャスティンが目を見張る。

「セシル？　ミス・ローズウッドがどうかしましたか？」

「ふざけるな！　お前に会いに行くと書き置きを残して消えた！」

怒りを必死に堪え、奥歯を噛み締めて告げたその台詞に、不審そうだったジャスティンの表情が凍りついた。

「いなくなった⁉」

「そうだと言っている！」

「でも、だって…………」

そこでジャスティンは何かに気付いたようにはっと身を強張らせる。

「一体彼女に何を言った!?　セシルはどこだ！」

更に締め上げれば、眉尻を下げた情けない表情でジャスティンが答える。

「かっ、彼女は俺のムスコに呪いをかけた相手に会いに行ったのかもしれない」

「誰だそいつは！」

すごまれ、彼は両手を上げた。

「シェフィールド伯爵令嬢、マーガレット・キャンディスだよ！」

## 6　代償となるのは欲望か

会話というのは双方が「成立させる」意志を持たなければ何の意味もないのだと、セシルは転がされた馬車の床でげんなりと考えた。

裏口で昏倒《こんとう》してから目が覚めた彼女を待っていたのは、会おうと考えていたマーガレット嬢らしき、ドレスを着た貴族のご令嬢と、『笑顔が裂けた』あの従僕だった。セシルはというといつぞやの再現か？　と思ってしまうほどに縄でぐるぐるに縛られて、大きなパントリーの中に転がされていた。視線を上げれば、椅子に座るマーガレット嬢が見えた。

二人はセシルが目を覚ましたことに気付いているのかいないのか、真剣な表情で話していた。そう。話していた、のだ。話し合っていた、わけではなく。

(あの時からオカシイとは思っていたケド……)

二人はセシルの正体とこれからの処遇について話していた。互いに思ったことを列挙していた、と言った方が早い。

――ジャスティン様がこの女を寄越したというのはどういうことかしら。もしかしてわたくしがご提案する永遠の愛について不満がおありなのかしら。

――魔導士がやってきたということは、まず間違いなく、騎士団には知られたということか。それはそれで面白いことになりそうですね。

——愛は崇高なものでなければなりませんわ。全てを許し、全てを包み込み、全てを語れるたった一つの概念。それが愛。粛々と自らの試練を受け取らねばならないというのに。

——自由にしすぎたとは思いますが、目的は達せられそうですからね。これが実用化されればかなりのものだ。


何の話なのか、想像を巡らせるしかできない内容の断片を、ぶつぶつと零《こぼ》す二人は何故《なぜ》か一致団結してセシルを洗濯袋に詰めた。そうして何一つ説明をしないままに馬車に放り込んだのだ。

幸い袋は屋敷の中を移動するのを見られたくないという、ただそれだけのために被《かぶ》せられたものだったらしく、今は取り払われている。

じわじわと背中から這《は》い上がる寒気をこらえ、セシルは馬車の床から二人を見た。何度か彼らの話に割って入ろうとしたのだが、一切、セシルの言を聞かなかった。

本当に、文字通り「聞かない」のだ。

いまだべらべらとしゃべり続ける二人を見詰め、あの時の会話をできる限り思い返す。セシルは琥《こ》珀《はく》色の綺《き》麗《れい》な瞳をオレンジ色に輝かせながら馬車に同乗している二人に何度目になるかわからない、問いかけをしてみた。

「ねえ、一体私をどこに連れていこうとしてるの？　あなた達、目的は何？」

その問いに、ちらりとマーガレット嬢の視線が向く。

「どうして女なのかしら。……もしかしてこの女も、ジャスティン様のイツワリの恋人なのかしら。だとしたらもっともっと彼に授ける聖なる光を強くしないと」

「……聖なる光？」

一体それは何だ？

首を傾《かし》げていると、従僕の方がうきうきした口調で話し出す。

「そもそも気付かれてはいけないのか、気付いてほしいのか、それが重要だということですね。その辺りを確認しないと。確認したうえでどうするか考えないと」

「………気付くって、誰に？」

一体何の話だ？

「愛は全てを許すのです。だからこそ、肉体の欲に負けてはいけないのですわ。真実の愛を得るために、ジャスティン様にはあのようなおぞましいものを捨てていただかなくては」

「あ、そこだけは、何を言ってるのかわかった」

これはジャスティンのムスコサンが死んでもいいということだろう。あながち「腐って落ちる」も間違いではなかったのかと、セシルはぼんやり考えた。当の本人が聞いたら卒倒するだろうなとも思う。

（けど、そういったことを踏まえてマーガレット嬢の目的はなんとなくわかった）

彼女は一貫して「愛」についてしか言っていない。

しかも肉体的な接触を伴う「愛」を毛嫌いしている。

（何故なのかまでは今までの話からはわからないけど……）

マーガレット嬢の容姿を見て、なんとなく察しがついた。

彼女は豪華な飾りやレースのない、質素で禁欲的な白のドレスを着ていた。肌の露出は最低限で、きちんとボンネットを被り、楚々《そそ》とした装いでそこに座っている。

だがそんなドレスを着ていてもわかるほどに、胸部が膨らんでいる。それはもう……見事に。恐らくはそれが原因なのだろう。

（少し羨ましく思いますけど……当事者にしかわからない悩みや苦労があるのでしょうね……多分）

イヤらしい視線を送る方が問題であって、成敗されるべきはそういった下賤《げせん》の輩《やから》だとそう思う。性的なものとして見られることに辟易《へきえき》し、真実の愛を求めたくなるのも理解できた。だが、それに極振りして相手の生殖器が腐って落ちてもいいと考えるのは……どうなのか。

セシルの脳裏に、オズワルドが受け取った贈り物の山と、そこに滲《にじ》んでいた「好意」がよみがえる。

憧れから執着、偏愛、真心、性愛……。二十人の恋人。

彼が時折、セシル相手に見せる飢えたような視線を思い出し、きゅっと唇を引き結んだ。もともとセシルはオズワルドの好みの対象外だった。では対象者はどういう人達だったのか。

視線を上げればうっとりと窓の外を眺めて、「紅茶をたしなみながら穏やかに語り合うことこそ、崇高で人として正しきありようだわ」と零すマーガレットが飛び込んでくる。

言動はどうあれ、引き締まった腰に大きな胸、可愛《かわい》らしい顔立ちとセシルにはないものばかりだ。

いやまあ、自分だって多少顔は……可愛いと思うけど。……あくまで自分評価だケド。

身近にいたブリジッドや伯爵令嬢のマーガレット、それから彼とお付き合いしたらしい二十人の中にセシルが紛れていたら……第一印象から彼はセシルに声をかけるだろうか。

答えはノーだ。実際、出会った最初から荷物扱いだったし。

オズワルドの周りにいる存在と比べて、自分は見劣りがする。群衆の中の一人……そう、彼に送った手紙が倉庫に眠り続ける側になるだろう。

「心の繋《つな》がりこそ至高の愛。それをわかっていただくためにも、わたくしは手段を選びません」

長いまつげを伏せて、憂える顔で告げるマーガレットに、セシルは目を上げる。

それもそうだ。もちろんそうだ。

オズワルドはそうした「見てくれ」ではなく、一緒に過ごした時間でセシルを「好ましい」と思ってくれた。心の繋がりを持てた……とまでは言わないが、一緒にいたいと思ってもらえた。

では、セシルはマーガレットと同じように「それだけでいい」と言い切れるだろうか。実際問題、セシルはオズワルドに触れることは叶《かな》わない。そうすると、セシルは昏倒《こんとう》してしまう。オズワルドはセシルに触れられず、キスをしただけで具合が悪くなる彼女を見て自制している。

そう、自制だ。

彼は欲求不満の状態を耐えている。

一方のセシルはどうなのか。

（…………う〜ん）

ガラガラと車輪は回り、馬車はセシルを乗せてどこかに進む。自分の身に危険が迫っている、危機的状況のはずなのだが、彼女はのんきに自分がオズワルドとどうなりたいのかを考えていた。

(私がオズワルド様と致したのは……特殊すぎる状況と条件だったからなぁ)

しなければ死んでしまう……だから助けなくてはいけない、それがセシルの心を占めていた第一感情だ。愛も恋もあったもんじゃない。

ただ、自覚はしていた。

飾らない言動と真面目な態度。セシルと言い合う際の百面相。きちんと誰かを思いやって誰かのためにあれるオズワルドを好きになっていた。

秘めたまま、墓まで持っていくつもりだった感情だ。

では今は？

(オズワルド様に過去、たくさんの恋人がいて……憧れを抱く人からプレゼントを山ほど貰《もら》っていて……社交界ではきらきらしてて……)

何故、オズワルドはあんなにもセシルを気にしているのか。もっと素敵な女性はいっぱいいるのに。

出会っていないだけか、それとも彼女達を乗せた天秤《てんびん》の、反対側の皿にセシルを乗せた時、凄い勢いでセシルに傾くからなのだろうか。

その理由は一体？

「白魔導士というのは厄介なものですね。幼い頃から師について他人を癒《いや》すことばかり学ばされる。それこそ、おのが身に沁《し》みつくほどに」

不意に歌うような声がして、セシルは視線をマーガレットの隣に座る人物に向けた。

口が耳まで裂けた従僕だ。

彼は今、先ほどとは違い普通の様子で、にこにこ笑いながらセシルを見下ろしている。

「人の欲望は際限がない。強い欲望に支配されれば他人を顧みず、己の欲求を押し通すようになる。その欲求が万人向けのものなら英雄と崇《あが》められ、究極に個人的なら外道と言われ誹《そし》られる。感情の強さは同じなのにベクトルが違うだけでこうなるなんて、不思議なものだとは思いませんか？」

ベンチに腰を下ろしたまま、従僕はセシルにずいっと顔を近寄せた。

「でもあなたは白魔導士だ。他人《ひと》のためにあれとずっと言われてきた存在。そのあなたの抱く欲望に、我々は興味があるんですよ」

その台詞に、セシルの表情がたちまち「すんっ」となった。

白魔導士は人々を癒す奇跡を行う存在だ。他人のためにあれ、という精神は白魔導士達の基本的な考え方の一つだろう——そう、「一般的」な「白魔導士」達の。

残念ながらセシルは「一般的」に入らない。

何故なら、白魔導士村の長《おさ》であり、巨大な力を持ちながらも我欲のためだけに登城すら拒否し続けている、異例中の異例が彼女の師だからだ。

彼のモットーは「面倒なことには手を貸さない」だ。確かに生死に関わる、のっぴきならない事情があった場合は手を貸してくれる。だが、大抵は別の人間に仕事を振るのが常で、自分は魔導の根源についてずっと研究をしている。

そんな男の弟子たるセシルが、「他人のためにあれ」なんて自己犠牲精神を崇拝できるわけもなく。

「あの……お言葉ですが、私の持つ『欲求』なんて、そこいらの一般人と大して変わらないと思うんですけど……」

思わずそう訴えると、従僕は大きな瞳をきろりと動かし、こて、と首を傾げた。

「それは我々が実際に見て決めること。実証なきものを信じるほど、我々は愚かではありませんよ」

実証って。

眉間に皺《しわ》を深く刻み、セシルは首だけ動かして、自分が転がされている馬車の床から内部を見た。

どこに向かい、何を企んでいるのか、ヒントとなりそうなものがないかと探してみたのだ。

伯爵令嬢を乗せるにしては質素なその馬車で、彼らの向かいのベンチに鳥籠らしきものが置かれている。金色の布で覆われたそれを見て、セシルは自身がずっと感じていた「背後からの強烈な冷気」の発生源にようやく気付いた。

(こんな身近に呪われたアイテムがあるとは……！)

美しい織物が掛けられているため、中の鳥も籠の形状もわからないが、そこから溢《あふ》れる邪気は見える。眉間に引き続き、唇を厳《いか》めしげに引き結ぶ。こんなものと長時間一緒にいたら、触れていなくてもまず間違いなくセシルの身体《からだ》に影響が出るだろう。無駄なあがきだと知りながらも、彼女は床をほんの少し転がって、背後の籠と距離を取る。

そんなセシルの様子を視界におさめた従僕が、今度は反対側に首を傾げた。

「さすが魔導士ですね、あれに気付きましたか。その時点で、あなたが一般人とはかけ離れていることが証明されました。次は、白魔導士であるあなたが果たしてどのような行為に欲望を見出《みいだ》すのか、それを検証しなくてはなりません」

なんだか物騒な方向の台詞だ。

「どのような行為、と言いましたけど、その『行為』とは一体？」

恐る恐る尋ねた瞬間、がたんとひときわ大きく揺れて馬車が止まった。夢見るように中空を見詰めていたマーガレットがはっと身を正す。

従僕がドアを開けて先に降り、令嬢の手を取って馬車から降ろす。次に、ひょいっと鳥籠を取り上げ、ぶるりと身体を震わせたセシルを荷物のようにその肩に担ぎ上げた。

細身の身体からは考えられない、身軽な動作にぎょっとする。

（この人……）

それほど筋肉があるようには見えないのに、こんな風に軽々と人一人持ち上げるなんて。

（もしかして魔導士……？）

でも何故魔導士が従僕のような真似《まね》をするのか。セシルが知る限りでは、魔導士とはわりと高給な職に就くことが可能だ。落ちこぼれ白魔導士セシルは確かに、白魔導士として身を立てるのは難しいかもしれないが、それでも職を探す際に、皿洗い係や洗濯係のメイドのような比較的重労働にしか応募できないことはない。

それなのに何故？

（邪気を放つ鳥籠も気になるし、マーガレット嬢がジャスティンさんの股間をどうやって呪ってるのか調べなくちゃいけないし……なにより）

他人の欲望が気になるとは……一体どういうことなのか。

ぐるぐる巻きに縛られ、肩に担がれているので首を上下に動かすくらいしかできないが、それでもセシルは、ここが町の一角、裏路地であることがなんとなくわかった。木造やレンガ、石造りの建物の裏側が見える。商業地区なのか、高級な屋敷というよりは同じ形の建造物が整然と並んでいる雰囲気だ。

従僕はセシルを抱えて石造りの階段を上る。ぼんやりとしたランプの明かりが足元を照らしていて、そこに映る影をじっと見詰めていると、軋《きし》んだ音を立てて扉が開くのがわかった。

どこに連れていかれるのか。人の欲望とは何なのか。

そして、ここにマーガレットが来た理由は……？

踏み込んだ先、甘ったるい、嗅ぎ慣れない香りがしてセシルは眉を寄せた。続いて聞こえてくるのは遠い喧噪《けんそう》。何部屋か隔てた先で、ざわざわと大勢が話している。身体をどうにか持ち上げると、目に飛び込んできたのは、朱塗りの柱と透かし彫りがされた黒い欄間《らんま》だった。

（なんと！）

自分が暮らす文化圏とは違う、他国の雰囲気が漂うそこは、天井から吊り下げられた、大きな鋼のランプがゆらゆらと揺れて黄金色の光をまき散らしている。天井は高く、吹き抜けで、赤く塗られた手すりのついた回廊が、ぐるりと玄関ホールを取り巻くようにして続いていた。

（ここは一体……）

そう思った矢先に、すとん、と床に下ろされややふらつきながら両脚で立ったセシルは、従僕に促されるようにしてくるりと反転した。

「ようこそ、わたくしの館へ。レディ・マーガレットはいつものように、籠の鳥のお世話かしら？」

セシルの視線の先に、大きな階段を背にした一人の女性が立っていた。

年の頃は三十代くらいだろうか。豊かに波打つ濃いブロンドを、崩れ落ちる一歩手前、という感じで結い上げている。目元はコール墨で縁取られ、赤く煌《きら》めくシャドウが瞼《まぶた》と目じりを彩っている。緋色《ひいろ》で彩られた唇が妖艶な笑みを浮かべていた。

館と同じような赤と黒という色味のドレスは、胸のほとんどが見えるほど深く開いていて、肩も腕も剥《む》き出し。腰には真っ黒なサッシュが結ばれ、そこからスカートが腰から脚の線を辿《たど》るようにして落ちている。スリットが入っているようで、白く滑らかな太ももがちらりと見えた。

とにかく彼女の扇情的な姿は、マーガレットが提唱する、身体が資本である欲望の象徴に見えた。

だがセシルの疑念を他所《よそ》に、真っ白な装いのマーガレットはつと足を踏み出すと、従僕から鳥籠を受け取り冷ややかな表情で派手な女性を見た。

「今日は緊急の用があってまいりましたの、マダム・バレー」

楚々とした声でそう告げると、彼女はちらりとセシルに視線を落とした。

「こちらの白魔導士様が、ジャスティン様の件で我が屋敷にいらして」

「……ああ」

ちらりとマダムの視線がセシルに向く。途端、セシルはぞっと背筋が冷えるのがわかった。彼女は降り注ぐ金色の光の中で、その黒々とした瞳にちらりと赤い煌めきを過《よぎ》らせた。

どくん、とセシルの身体の中にある、魔力核が脈打つ気がした。

（って、骨に近いものなのに脈打つもないんだけど……）

それでも嫌な感じがする。

ローレライとして存在していた暴虐の魔女・オルテンシアに対して、セシルは一度も疑念を抱いたことはなかった。それはローレライが得た身体が「白魔導士」としての「核」を持っていたせいでもある。擬態、というよりはそれそのものだったために、気付かなかった。

だが、今目の前にいる扇情的な女性、マダム・バレーからは何とも言えない圧力《プレッシャー》を感じる。

（この世界には害悪となる魔女が七人いる）

七英、はそれに対抗して与えられる称号だ。

（『暴虐』『破壊』『虚無』『傲慢』『怠惰』『欲望』『冷酷』……）

ただそれは伝説上の話で、長い歴史の中で封印されたり倒されたり、現在確認できる個体はいない。

（と、いいながらオルテンシアは復活しましたが……）

かといって、目の前のマダムがそのうちの一人かと言われると……そんな恐ろしい存在と断じることはできない。彼らと似通った力の持ち主なのだろうかと、考えながら、セシルは嫌なリズムで刻む鼓動と腹の奥が震える感触を隠し、唇を引き上げた。

「はじめまして、マダム。マーチ隊長から股間の呪いを解明するように依頼された白魔導士です」

直球で堂々と名乗ると、そんな返答がくるとも思っていなかったらしいマダムが、ほんの少し驚いたように目を見張った。

「……なるほど、これは……興味深いですね」

そんなセシルの口上を綺麗に無視し、マダムがすっと目を細める。圧力が増したような気がして、セシルは冷や汗が倍になって背中を流れるのを感じるが、どうにかこうにか耐えた。

そんなセシルとマダムの間にマーガレットが割って入った。

「呪いではありません。聖なる力による奇跡ですわ」

途端すっと弱くなる圧力にほっと息を吐き、セシルは「しゃべりすぎだ」と注意される口を閉ざす。

「マダム、またしてもわたくしに聖女としての役目を果たさせていただけませんか？」

すっと顎を上げ、堂々と告げるマーガレットに、マダムは膝を折って礼を取った。

「もちろんです、レディ・マーガレット。貴女《あなた》が行う奇跡により我が館でのトラブルは激減しております」

「皆が正しく愛を得られるよう、わたくしも頑張りますわ。そしてもっと聖なる力をジャスティン様に捧《ささ》げなくては」

胸を張り、マーガレットが鳥籠を下げたまま歩き出した。

一体どんな奇跡が行われていて、それとこの館にはどんな関係があって、何がジャスティンの股間の呪いに繋がっているのか、それを確かめたいセシルは彼女の後についていこうとする。

だが、それを押し留めたのは例の従僕だ。

「あなたはこちらですよ、白魔導士さん」

「ほえ？」

ぐいっと、身体に巻きつくロープの先端を引っ張られる。

「で、でも私もレディ・マーガレットの奇跡に興味が」

「聖女・マーガレットの奇跡はいずれあなたにもわかります。でもその前にまずは、あなたがどうなるのかに興味がある」

嫌な予感しかしない。

従僕はセシルを引き立ててマーガレットが進んだのと同じ階段を上っていく。彼女の後を追うのかと思いきや、三階まで階段を上ると回廊をまっすぐに進んだ。突き当たった扉を開けると遠くに聞こえていた喧噪が大きくなり、薄暗い通路が見えた。奥が白っぽく光っている。扉を潜《くぐ》り、先を目指して十数歩。陽気な楽曲と眩《まぶ》しいシャンデリアの明かりが目を射り、セシルは思わず顔を伏せた。

先ほどまでいた朱塗りの建物とは違い、こちらは黒を基調とした普通のホールが眼下に広がっていた。あちこちに緑のベルベットを張った台が置かれ、色とりどりのチップが溢れている。

「賭場ですか」

中央にある他より少し高い部分に支配人と思しき男性がいて、眼光鋭くホールを見渡している。端では楽団が演奏をし、グラスを傾けて談笑する人の輪ができていた。

「社交クラブですよ」

賭博は非合法とされたまに摘発されているが、社交クラブ、や遊技場と名をつけ替えて営業している。あくどいことをしなければお目溢《めこぼ》しされており、議会に籍のある貴族も通っていたりした。

「まずはここで、あなたがどれくらい物欲があるのか……幸運が転がり込んできた時、大金を手にした時にどう変わるのか、それを見せていただきたい」

「…………ギャンブルねぇ」

不安よりもどこかげんなりした気持ちで、セシルは眼下で繰り広げられるカードやらルーレットやらのギャンブルに視線を落とした。

何が面白いのかさっぱりわからない。だが、やってみたらみたで、意外とはまるかもしれない。大金を投じて身を亡ぼす人がいるくらいなのだ。

(それに……)

ホールを闊歩《かっぽ》する人々は自信と欲望に満ちたぎらぎらした眼差《まなざ》しをしている。男性も女性も着飾り、セシルが足を踏み入れることのない世界がそこに広がっていた。

(オズワルド様が見ている世界の一端かもしれない)

白魔導士村しか知らない、社交界がどういうものかも、オズワルドの星の数ほどいた恋人の詳細も、そこでどんな顔をしていたのかも知らないセシルだ。少しくらい勉強してみたいと思うのは当然で。

しゅるりと縄がほどけ、顔を上げたセシルを従僕の真っ黒な瞳が見下ろす。

「お金ならいくらでも工面しましょう。さあ、欲望の世界へ」

その言葉に、セシルは一つ頷《うなず》くとホールに琥珀色の視線を落とすのであった。

## 7　そこは欲望をかき集めた館である

「う……うぁ……こ、これは……っ……これはっ」

呻《うめ》き声を上げてジャスティンが道路にしゃがみ込む。

「燃えるようだ……股間が……燃えるようだッ」

額に脂汗が浮かび、顔面蒼白《そうはく》になっている。その様子を隣に立ったオズワルドが無表情で見下ろしている。

「ま……まずいっ……まずいですよ、クリーヴァ隊長ッ」

く……うっ……はあっ。

謎の吐息を漏らしそのまま道路を転がりそうなジャスティンに、絶対零度の眼差《まなざ》しを注ぎながら、オズワルドが底冷えしきった声で告げた。

「なるほど。どうやらこの屋敷がお前の股間の呪いの発信源で間違いないようだな」

「取れそうです……ッ……取れそう……熱いッ……股間がッ……ばくはつするっ」

うぐわあああああ。

とうとう石畳の上に倒れ込み、股間を押さえてごろごろ転がり出す。だがオズワルドは一切彼に視線をやらなかった。腕を組み、顎に手を当てながら考え込む。

「相手の令嬢はこいつに惚《ほ》れているらしいから、差し出せば案外簡単に屋敷に入れるかもしれないな。

生贄《いけにえ》として差し出す代わりにセシルを返してもらえばいい」

もちろん、ここにいればの話だ。ジャスティンを渡してセシルが帰ってこなければ意味がない。彼女がここにいると確証が得られれば今すぐにでも突き出すつもりだ。

その果てに、彼のムスコが爆発しようが何しようが関係ない。

「となると、まずはセシルがいるかどうかの確認だが……」

何故《なぜ》彼女がこの屋敷を訪れて帰ってこないのかがわからない。トラブルに巻き込まれているのはその通りだろうが、最悪、ジャスティンを呪っているレディ・マーガレットに恋のライバルとして認定され、監禁されているのかもしれない。だとしたら、直接訪ねても意味はないだろう。

「……潜入するか」

曲がりなりにも公爵で、聖騎士隊隊長で、七英のオズワルドが貴族の屋敷に不法侵入……。

「ザックが」

するわけがなかった。

「俺かよ!?」

隣で「うわー……マジで痛そう」と他人事《ひとごと》全開で呟《つぶや》いていたザックが、急に振られて凄《すご》い勢いで隊長を振り返る。

「いやいやいやいや、セシルを救うのはお前の役目だろ!?」

「俺は体調が悪い」

「すこぶる元気そうじゃないか！　ていうか、セシルがいなかったらどうするんだよ!?」

「一安心だ」

「そうじゃねえ！」

普段とは逆にザックが突っ込み、その様子にオズワルドが溜息《ためいき》を吐《つ》いた。

「こんなことならセシルに追跡魔法でもかけておくんだったな。どこにいるのかわかるようにしておけば、お前を犯罪者にしなくて済んだのに」

「入らないからな、侵入しないからな」

「じゃあどうするんだ。ジャスティンをくれてやるのはいいが、取引が成立しなかったら意味がない」

「ああっ……まずい……まずいですよ、お二人ともッ……も、もう取れる……まじでもげる……」

「もとはと言えばお前の節操のなさが招いたことだろうが。諦めてムスコに最後の別れを告げろ」

「……お前本当に容赦ないのね」

「俺はセシルさえ戻ってくればそれでいい。後のことは知らん」

「黒鳥はどうするんだよ」

うぐ、と言葉に詰まる。現在部下達は全力でフィールズ地区に消えた黒鳥を探している。

「こく……ちょう？」

それに悶《もだ》えていたジャスティンが絞り出すように告げた。

「探すよう命令が出ていただろう」

呆《あき》れたようにオズワルドが言えば「いや」とジャスティンが石畳の上に転がったまま苦悶《くもん》の表情で告げた。

「聞いてるのはッ……魔獣がフェールズ地区に潜伏中だというものでぇ……その形状は聞いてないぃ」

「何？」

ぴくりとオズワルドの眉が引き攣《つ》った。その様子に気付かず、ジャスティンが呻くように続ける。

「だから……鳥型とは聞いてないっ」

なんということだ。

「……アイツらはきちんとした報告連絡もできないのかッ」

自分は確かに黒い鳥の形状をした、と部下達に説明したはずだ。それが第二隊には引き継がれていないなんて。ひとしきり毒づくオズワルドを他所《よそ》に、股間を押さえたままよろよろとジャスティンが立ち上がる。

「そ……そして……魔獣が黒鳥だという……ことは……」

額に脂汗の浮いたジャスティンが、前屈《かが》みだが鬼気迫る様子でオズワルドに近寄ると、ジャケットの内ポケットから何かを取り出した。

「これが……関係あり？」

震える指が掴《つか》んでいるのは、一本の羽根ペンで。

オズワルドが目を見張る。慌てたようにそれをひったくると、再び石畳に倒れ込んで悶絶するジャスティンそっちのけで、傍《そば》にあった街灯の下へと移動した。

それは、一見すると黒に見える、濃い青の鳥の羽根で。

「……この羽根ペン、どうしたんだ？」

石畳とお友達になっているジャスティンに聞けば、彼はどうにかこうにか腕を持ち上げてぷるぷるしながらシェフィールドの街屋敷《タウンハウス》を指さした。

「レディ・マーガレットからのッ……贈り物に……」

「オズワルド」

同じようにオズワルドの手元を覗《のぞ》き込んでいたザックが、険しい顔で振り仰ぐ。

「ああ」

何故か股間だけ呪われているジャスティンを、セシルはどういう原理なのかと首を傾《かし》げていた。

突如王都内部に現れた魔獣モドキの鳥。飛んでいった先のフェールズ地区。羽根ペンをジャスティンに贈る令嬢……。

その令嬢が住まう屋敷に近づいたせいで、股間が爆発しそうになっている男を見下ろしオズワルドは冷ややかに告げた。

「マーチ隊長のお陰で助かったよ。これで正当な理由でこの屋敷を訪ねることができる」

「お役に……ッ立てたのならぁ……こうえいで……ありますッ」

「…………残念ながらマーチ隊長自身は、現状、ひとつも役に立ちそうもないから、とりあえず呪いの範囲外に移動してくれ」

「かっ……かたじけないっ」

これまで相当我慢していたのか、ジャスティンはよろよろと起き上がると股間を押さえて前屈みに走り去っていく。少し離れた場所に停めた馬車なら影響力が薄いと、そこまで退避するつもりだろう。

そんな情けない姿を呆れた様子で見送ったのち、オズワルドが踵《きびす》を返して屋敷を見上げた。

「……一連の事件にこの屋敷の令嬢が関わっている」

なんとしてでも彼女に会って、あの黒鳥が何なのか、セシルをどうしたのか判明させなくてはいけない。

(セシル……)

彼女は今どうしてるだろうか。捕まって震えているだろうか。不安に怯《おび》えているだろうか。それとも何か良からぬことをされて……――。

そこまで考えて、オズワルドはそのことごとくを胸の内で却下していることに気付いた。

捕まって震え――まずない。

恐怖に怯――どう考えてもあり得ない。

良からぬことをされ――ていたのは自分の方だ。あの口やかましいちんまい女は人を平気で実験台にするような奴だ、返り討ちにしてるはず。

唯一の心配事といえば、ここには黒鳥がいる。つまり、完成体ではないにしろ邪気を放つ存在がここにいるということだ。セシルもオズワルドも現在、邪気を受けて呪われている状態だ。それを放つ存在から、接触や攻撃を受けない限り体内の邪気が増える可能性は低いが、どんな影響が出るかわからない。

実際、今日、オズワルドは例の鳥と一戦交えている。身体《からだ》に受けている呪いは、朝の治療で日常生活に支障は出ないほどに解けてはいるものの、今日の一件がどう作用するかわからない。油断は禁物だ。

そこにきて、黒鳥と謎の呪いを発動させている令嬢の元に向かって大丈夫なのだろうか。

同じ可能性に気付いたザックが心配そうにオズワルドを見た。

「お前……大丈夫か？」

「……俺よりもセシルが心配だ。彼女は触れなければ邪気を吸収しないが、逆をいえば触れてしまえば吸収してしまうということだからな」

その方法を思い出して、腹の底にくすぶる怒りにも似た感情を覚えるが、オズワルドは無理に蓋をして一歩踏み出す。

セシルがそう簡単に「そういうこと」を許すとは思えない。多分、何かしら身の危険を感じた際に、持っている怪しげな液体をぶちまけるはずだし。

どや顔をして犯人を踏みつぶしているセシルを思い描いて慰めを得ると、オズワルドは正面玄関のノッカーに手を伸ばした。

「早いところ解決するなら直接当たった方がいい」

そうして勢いよく打ちつけたのである。


七英の一人で、尚且《なおか》つ独身公爵であるオズワルドの来訪に、シェフィールド屋敷《ハウス》は色めきたった。

大急ぎで主《あるじ》の伯爵がやってきて、「どのようなご用件ですか？」と尋ねる頃には頬が紅潮していた。

自室から降りてくる間に、色々なことを考えたのだろう。

例えば一人娘の縁談とか、一人娘の縁談とか、一人娘の縁談とか。

だがそういった反応に慣れっこなオズワルドは、セシルに見せたこともない「社交界用」の「とっておきの笑顔」を相手に見せた。

「こんな時間に申し訳ありません。実はこの辺りに出没している魔獣の件で、お嬢様に是非確認したいことがありまして」

「……え？」

光り輝く、外面全開の笑顔で告げられるにはあまりにギャップがありすぎる内容に、まさかの伯爵も目が点になっている。隊長が座る椅子の隣に立つザックが（容赦ないねぇ）と遠いところで思いながらもフォローするように口を開いた。

「現在聖騎士隊の第一、第二でフェールズ地区を捜査中なのですが、その過程で、こちらのお嬢様が黒い鳥を飼われていると耳にしまして」

調子よく口から出まかせを並べる。

「黒い鳥、ですか」

何を言われるのかと身構えながら、伯爵が一つ頷《うなず》く。

「ええ……確かに、小鳥を一羽、娘が育てておりますが」

不安そうにオズワルドとザックを交互に見る。小鳥、というのが気になるが、オズワルドはますます笑みを深めるとこれ見よがしに脚を組んでみせた。

「是非、拝見させていただきたいのですが、よろしいでしょうか」

お願いではなく、断言。笑顔の圧力《プレッシャー》をかけながらそう告げれば、伯爵がやや気圧《けお》されたようにしどろもどろに執事に指示を出す。そわそわと身じろぎする伯爵とは対照的に堂々と椅子に座るオズワルドは、徐々に緊張を高めていく。

気まずすぎる数分が過ぎたのち、青ざめた様子で戻ってきた執事が伯爵に何事かを耳打ちする。さっと表情を強張《こわば》らせた主の様子に良からぬことが起きているのだとオズワルドは悟った。

(まあ、そうだろうな)

飼っていると認識している「小鳥」が自分達が探している黒鳥だとしたら、それは勝手に屋敷を出入りしている。おまけに、ここを訪ねてきたらしいセシルが行方不明だ。

何も起こっていないわけがない。

「どうかされましたか?」

静かにそう尋ねれば、ひそひそと小声で話し合っていた伯爵の身体がびくりと硬直した。貼りつけた笑顔で振り返り「その」ともごもごと口を開いた。

「どうやら我が家の鳥は……娘が連れて外出しているようで」

「どちらに?」

こちらも笑顔を崩さずに聞けば、圧倒された伯爵がしどろもどろに切り出した。

「その……友人の……屋敷に……鳥を見せに行ったのではないかと……」

必死に言い訳をする伯爵の様子に、オズワルドはすっと目を細める。隠し立てをするというのなら吐かせるまでだ。

「シェフィールド伯爵。わたしが今、ここに来たのはフレイア公爵としてではない。聖騎士、オズワルド・クリーヴァとしてだ」

ひやりと冷たい声が告げる内容に、伯爵の態度がみるみるうちに凍りつく。それを見据える金緑の瞳が炯々《けいけい》と光を放った。

「貴殿の発言が虚偽のものだと判明した場合……王都に現れた魔獣の出現に伯爵家自体が何かしらの関与があると判断しますが、よろしいでしょうか」

伯爵にとっては寝耳に水の出来事だろう。だがオズワルドとて引けないのだ。ここを逃したらセシルを探す手立てがなくなる。伯爵が令嬢の外出先を知っていればいいと、半ば祈るような気持ちでいれば、重く……とても言いにくそうに伯爵が口を開いた。

「その……実はあの鳥は……わたしの馴染《なじ》みが寄越したもので……」

「馴染み？」

鋭い問いに、伯爵が泣きそうに顔を歪《ゆが》めた。

「はい。……その……公爵もご存じかもしれませんが……とある社交クラブのオーナーから頂いたものでして……」

賭け事の趣味がある伯爵が、二か月前に知り合った社交クラブとは便宜名の遊技施設のオーナーからその小鳥と、それを世話する従僕を譲り受けたのだという。

「奇跡的な大勝ちをした時で、今、手元にお支払いできるだけの額がないので、担保としてその鳥を持っていいてほしいと言われました」

「……そこは違法な施設かな？」

ザックの質問に、ぶんぶんと伯爵が首を振る。

「い、いいえ！　二か月前に開店したばかりの優良な店で、その時はまだ社交界にも名が知れていなかった。そのため、こんな大勝は予想していなかった、すぐにお金を用意できないが必ずお支払いしますので、と言われました。そして担保として珍しい鳥とその世話をする従僕を受け取ってくれと渡されたのです」

見せられた金色の籠の中には、丸い目をした黒い小鳥が首を傾げていた。日に透けると青く輝く羽を持つというが、とりわけ綺麗《きれい》でも珍しいとも思えなかった。

「ですが、身なりのきちんとした従僕が恭しく籠を携えていて、それを見ているうちに、急にいいもののように思えまして……」

思わず担保ではなく譲ってほしいと申し出たところ、では代金として勝金全てと引き換えになりますがよろしいですかと聞かれたのだという。

「その金額で黒鳥を譲り受けたのですか？」

「今となっては何故それほど魅力的に思えたのかわかりませんが、その時はどうしても欲しくて……何をおいてもその鳥を手中に収めることしか考えられなかったのです」

渋面でそう告げる伯爵は、自分がやや興味の薄れたその小鳥を急に娘が欲しがったと続ける。

「それからは娘が自室で小鳥を育てているのですが……その……」

急に歯切れが悪くなり、オズワルドとザックは顔を見合わせた。

「何度も言いますが、我々は国を護《まも》る者としてここに来ています。社交界の人間としてではなく」

だからここでの話の内容が、彼女の体面を傷つけることにはならないとオズワルドが請け合う。その彼をじっと見詰めたのち、情けない顔をした伯爵が溜息を吐くと呻くように告げた。

「小鳥の世話役として連れてこられた従僕も、我が家で面倒を見ることになったのですが、彼は自分の給金は遊技場のオーナーから支払われているからいらないと申しました。彼……リコはその代わり、小鳥の餌は特殊なもので、クラブでしか手に入らない、門外不出の物なので、時折それを取りに行かなくてはいけないと言いました」

従僕といっても、自邸で雇っている者でもなく、仕事も「小鳥の世話」なのでそれくらいは構わないと判断したのだが、その餌やりにマーガレットも同伴すると言い出したのだ。

「伯爵家の未婚の令嬢が遊技施設に出入りしてるなんて外聞が悪すぎます。最初はどうにか止め立てしたのですが……あの手この手で出かけ始めまして……」

最初の頃ははらはらしたが、どうやらどこからもマーガレット嬢が怪しげな施設に出入りしているという話は出てこず、娘は娘で「きちんと変装しているから大丈夫だ」と胸を張って告げる。

「つまり、今彼女がいないということは、その遊技施設に出向いていると？」

「リコもいないので恐らくは」

伯爵は冷や汗をぬぐい、メイドが持ってきた紅茶を一気に飲み干す。そんな彼を尻目にオズワルドが立ち上がった。

「ちなみに、その小鳥の『餌』とはどういったもので？」

さりげなく尋ねれば、伯爵は力なく首を振った。

「我々には教えられないといわれ、餌やりの現場も見たことはありません。ただ……リコについて出かけている娘は何か知っているようですが……あの……あの小鳥が……何か悪いものなのですか？　我が家はどうなるのでしょうか？」

丸い指を組んで見上げる伯爵に、オズワルドは変わらぬ笑みを返した。

「ご協力感謝します、シェフィールド伯爵。全ては遊技場のオーナーと話してみてからですね」

不安そうな様子で立ち上がり、更に何か言いたそうな彼を置いてオズワルドは足早に部屋を出る。そのまま無言で屋敷を辞すると、オズワルドは止めてあった馬車に乗り込んだ。

「何かわかりましたか？　ミス・ローズウッドの行方は!?」

使い物にならず、それなりに悔しい思いをしていたらしいジャスティンが身を乗り出して尋ねる。考え込むオズワルドの代わりにザックが呻くように答えた。

「どうやら何者かがシェフィールド伯爵に黒鳥を売りつけたらしい。ただ、伯爵自身はあれを『小鳥』だと言っている」

「そんなサイズ感ではなかったがな」

低い声で漏らしたオズワルドが、腕を組んで奥歯を噛《か》み締めた。

「二か月前にオープンした遊技場のオーナーが、大勝した伯爵に金の代わりに鳥を売りつけた。世話をする従僕付きで」

「……なんだって？」

ぎょっと目を見張るジャスティンを他所にオズワルドが苛立《いらだ》たしげに続ける。

「おかしいだろ？　そもそも何のとりえもなさそうな伯爵が、すぐに用意できないくらいの金額の大勝をするなんて……あり得ない」

あの魔獣モドキの黒鳥を市井《しせい》に放つために、遊技場側が仕組んだのではないかと思う。だが目的がわからない。それがオズワルドを苛立たせるのだ。

「とにかくその遊技場にレディ・マーガレットがいるようだから、そこでセシルを探し出し捕獲する」

捕獲。……保護じゃなくて、捕獲。

「遊技場……そんなところにあのやかまし屋のセシルがいるんだと思うと……」

不健康そうな人間のたまり場なんてものは、あのセシルにしてみれば絶好の実験場だろう。怪しげな薬を売り歩こうと張り切っているかもしれない。

「そこが害虫駆除の白煙に包まれていても俺は驚かないぞ」

ぶつくさ零《こぼ》すオズワルドを見て、ザックが溜息を吐いた。

「お前の中でセシルは一体どういう扱いなんだよ」

それに、彼は「決まってる」ときっぱり断言した。

「大事な唯一の女だよ！」

★
☆
★

最初はルーレット。次はスロット。最終的にはカードゲームとひとしきり場内を回ってみたセシルは、手に持っている大量のチップが入った袋をじゃらじゃらさせて溜息を吐いた。

「どうも……気に入りませんね」

眉間に皺《しわ》を寄せてそう告げれば、彼女に遊び方を教えていた従僕がこてっと首を傾げた。

「何がですか？　それだけあればひと財産手に入れたようなものですよ？」

確かにそうかもしれない。ビギナーズラックというのか、適当に賭けたものがあれよあれよと当たり、周囲から羨望の眼差しを注がれた。白魔導士の格好は目立つので、とマダム・バレーから借りたデコルテも肩も背中も丸見えの、派手な金色のドレスを着ているので「魔術を使っていかさまをしている！」と妙な言いがかりをつけられることもなかった。

だが、セシルとしてはこうして勝てたのには、何かの力が働いていると考えていた。そしてそれは恐らく、興味津々といった体で真っ黒な瞳を向けてくる、この従僕が関与しているのだろう。

手に持っていたチップの袋を、黒のお仕着せをまとった従僕に押しつける。目を丸くして受け取った彼に、セシルは腰に手を当てて眉間に皺を寄せた。

「あなたは白魔導士の欲望が何に向くのか興味がある、と言ってましたけど、少なくとも私はこういった勝ち方に興味はないですね」

きっぱりと告げると、従僕は目をぱちぱちと瞬《しばた》かせる。

「では何に興味があるのですか？　あなたはどんな欲望をお持ちで？」

「そうですね……」

薄暗い照明が照らす、天井の高いホール。その中で人々は酒をあおりたばこをふかし、下品な笑い声を上げながら、脂っこい食べ物を食べている。こんな夜中に暴飲暴食をしているのだ。

「……不健康な人間をどう健康にするのか、ということには興味があります」

ふむ、と腕を組んで考える。少し意識を切り替えて老若男女、紳士淑女、怪しげな風体の人々を見渡せば、あの贈り物の山と同じ、黒い霞《かすみ》が漂っている。繙《ひもと》けば、それらは純粋な行為や希望、願いなんかになるだろう。だが今ここで展開しているのは……人を飲み込む力を持つ、巨大な感情だ。

(賭博場で人が熱に浮かされたようになるのは……こういう空気のせいでもあるということね)

これを払うのは大変だろうなと、そう思う。だから逆に、払えないからこそ、こういった場所がなくならないということもいえる。そもそも清廉潔白につましく生きようと志す者はこんな所に来ないだろうし。

そんなことを考えるセシルの横を、ブルーのドレスを着た、細い腰に豊満な胸を持った女性が通り過ぎていく。着ているドレスの型はセシルのものとあまり変わらない。だがフィット具合と凹凸がセシルとは全く違った。

彼女は紳士の腕に自分の腕を絡めて艶っぽく微笑《ほほえ》んで歩いていく。

ふと、その様子に笑顔で美女をエスコートするオズワルドの姿が被《かぶ》った。場所はどうであれ、彼はあんな風に令嬢や未亡人、夫人などを連れて歩くのだろうか。スタイル抜群の美女と一緒に、そしてどこかの部屋に消えて？

「……彼らの行方が気になるとは。やはりあなたは白魔導士ですね」

ぼんやりそんなことを考えていると、従僕の囁《ささや》きが耳に飛び込んできた。

「へ？」

驚くセシルを他所に、彼はぐいっと彼女の腕を取ると、今歩いていった紳士と女性の後を追いかけ始める。ついていきながら、セシルは困ったように告げた。

「彼らの行方は確かに気になりますが、それと白魔導士のあり方と何が関係するんですか？」

その問いに、従僕は答えない。代わりにぐるん、と首だけで振り返ると、真っ黒な瞳をセシルに向けた。裂けた笑み、とまではいえないが、異様に赤い口の中が見える笑みを返す。黒い瞳にはどんな感情も滲《にじ》んでいない。そこにセシルを映したまま、彼はやや上ずった声で告げた。

「関係ありですよ。むしろ、そっちを気にしてくださって我々としては『やっぱりそうか』という気持ちで一杯です」

「……はあ」

言いながら、彼はどんどん進んでいく。ホールを見下ろすように組まれた回廊を通り抜け、先ほどの紳士と女性を追うようにして細い通路を進む。最初に通された、マダム・バレーがいた建物に抜けると、再び三階まで上り、ぴたりと足を止めた。

ゆらゆら揺れるオレンジ色の明かりが、不思議な影をつくる通路。その先の一つの部屋に女性と紳士が消えていく。

（まあ、そうなりますよね……）

あの中で何が行われるのか、馬鹿ではないのでセシルだって理解している。

（ということは……こちらの建物は……）

遊技施設と繋がった娼館《しょうかん》ということだろうか。だがそんなところにレディであるマーガレットがちょくちょく顔を出していいのだろうか。

（よくないよくない）

でも彼女は自らを『聖女』だと謳《うた》い、仕事をするのだと言っていた。それはどういうことなのか。

「もう少ししたらマーガレット嬢がやってくるはずなので、そうしたらご一緒に聖女のお仕事を見学なさるといいかと」

セシルの疑問に答えるように従僕が告げる。

「はあ……」

何を見学するのかと、首をひねっていると従僕は再びセシルを先導して近くの壁へと近づき、少しくぼんでいる場所に指をかけてぐっと押した。静かな音を立てて壁に隙間ができ、セシルは目を見張った。人一人がやっと通れるくらいの隠し通路が姿を現したのだ。先頭に立って従僕が進み、恐る恐るセシルも続く。狭い通路を抜けるとやがて二人並んで歩けるほどの幅になり。角を曲がった先にマーガレットが立っているのが見えた。

「あら、あなた達もいらしたのですか」

つん、と顎を上げたマーガレットは、相変わらず手に鳥籠を携えている。ただ、そこから溢《あふ》れる黒い靄《もや》の量に、セシルは思わず後退《あとずさ》りした。どうやったのか不明だが、邪気が異様に増えている。ぞくりと背筋に冷たいものが走り、くっきりと眉間に皺の寄った表情でマーガレットを見た。

「一体何をしてるんです？　その鳥を持って歩いて、レディ・マーガレットは気分が悪くならないのですか？」

かすれた声で切り出せば、ふん、と彼女が鼻を鳴らした。冷ややかな眼差しをセシルに注ぐ。

「この人は何を言ってるのかしら。わたくしの聖女としての行いが羨ましいのかしら。まあいいわ。あなたにも奇跡を見せてあげましょう」

一方的に告げてくるっと踵を返し、マーガレットが通路を歩き始めた。

(奇跡？　……あの呪われた鳥籠を持って行う……奇跡？)

むしろ人を呪って歩いているのでは……――そう、ジャスティンの股間を呪ったのと同じような。

不意に思い当たった考えにはっとする。だがセシルが何か言うより先に、一行はやや明るい場所に出た。マーガレットが、艶やかな赤い唇を弓型に引き上げ、興奮気味に瞳を輝かせて何かを覗き込んでいる。何を見ているのかと、セシルもそちらを向いた。

視線の先には小さな窓があった。細長く、長方形に壁がくりぬかれガラスがはまっている。そこから廊下に明かりが漏れていて、分厚いガラスの向こうを覗いたセシルは衝撃に固まった。ぽかんと口が開く。

「な……」

「ああ、汚らわしい……汚らわしいわ……」

その光景に、マーガレットの顔が歪み、瞳が炯々と輝き出す。対してセシルは慌てて窓から視線を逸《そ》らした。そこで繰り広げられていたことに、さしもの彼女も頬が赤くなっていく。

そんなセシルとは対照的に、マーガレットが憎々しげに呟いた。

「あんな風に肉欲に駆られて、痴態をさらすだなんて……そこに愛などない、愚かしいの一言ですわ」

（たっ……確かにそうかもしれないですけどっ……）

娼館である、ということを考えれば、トンデモナイ格好で男性のお腹《なか》に乗っている女性は、彼の意中の人や妻、恋人ではないだろう。ただひたすらに快楽だけを貪り合っている姿は、マーガレットが言うように、愛とは対極にあるもののような気がする。

ぱたぱたと顔を仰ぎながらも、ふとオズワルドと他の女性はどうしていたのだろうかと脳裏を疑問がかすめる。それと同時に、もしかしたら「ああいう体勢」は互いに楽しく過ごすのに利があるのではないだろうかと至極真面目に考える。

そうなるともう、何とも言えず好奇心が溢れ出し、セシルは再びそーっと視線を上げて、ガラスの向こうを覗いてみた。

――……覗いてみて、何というか……その奇怪な様子に思わず目を凝らしてしまう。

あれは一体どうなっているのか。どうやって繋がっているのか。ていうか、あんな格好、めっちゃ苦しくないのだろうか……。

その瞬間、セシルは急激な寒さを感じ身体を大きく震わせた。大急ぎで隣を見れば。

「な⁉」

マーガレットが手に持つ、布が掛けられた鳥籠から真っ黒な霞が立ち上っている。それはやがて渦を巻き、一羽の鳥へと姿を変えた。そう、セシルが見た、あの鳥だ。

（魔獣!?）

にしては、端がゆらゆらと不安定に揺れ、個体としてそこにあるようには見えない。だが放つ邪気は紛れもなく魔獣のものだ。

（ロンさんが変化した時は、ちゃんともふもふした狼《おおかみ》だった……けど、これは……）

他の生き物の核を奪う、「乗っ取り型」の魔獣モドキはきちんと実態を持っていた。だが今、目の前にいる「魔獣モドキ」は本当に「モドキ」だ。実体がない。

ようやく核を持ったばかりの存在なのか、そもそも魔獣は動物が変異したものではないのか、ということはこれは魔獣ではない？　と目まぐるしく考えている間に、一度鳥の形を取ったそれは、再び霞と化し、細い窓の隙間から中へと入り込む。

「あ！」

いけない、と反射的に助けに行こうとしたその腕を、マーガレットが掴んだ。彼女は煙のようにたなびく黒い霞の向こうでぞっとする笑みを浮かべた。

「さあ、汚らわしい行為に終止符を打ちますわよ」

身体の奥底を震わせるような嫌な調子で言われ、セシルはひったくるようにして自分の腕を取り返す。それから大急ぎで細い窓の向こうに目をやった。

「ッ」

魔導士であるセシルの「瞳《め》」に映ったのは、先ほどよりもずっと濃度を増した黒い霞が部屋を覆い尽くす様子だった。真っ黒な煙が渦巻いている、といっても過言ではない。中からかすれた悲鳴と、意味をなさない喚《わめ》き声が聞こえてきて、セシルは奥歯を噛み締める。

これが魔獣なら、恐らく中の二人は生きていない。「モドキ」でも、きっと邪気に触れた二人に、何らかの影響が出ているはずだ。例えば……呪いとか。

「一体何が目的なんですか⁉」

きっと睨《にら》みつけるようにしてマーガレットを見上げれば、彼女は窓の方を向いたまま、祈りを捧《ささ》げるように両手を組み、そっと目を伏せて厳かに答えた。

「この世界の浄化です。あんな、人を獣に、理性のない生き物に変える『欲望』などあってはいけません。それを消し去るのがわたくしの使命であり、聖女として与えられた役目なのです」

理性のない生き物。

「……………まあ、確かにそんな感じはしましたけども」

でも果たしてそうなのだろうか。理性的であることは、そんなにも大切なのか。理性的に考えて下した決断は、心のままに求めた決断と何が違うのか……。

「でも、別に二人きりで楽しむのに、ちょっと違った趣向を凝らすのは問題ないと思うんですけど」

「いいえ。そこから世界は堕落します。人目につかないから、というだけで許容し、万が一それの犠牲者が出たらどうするのです」

「いや、だから、二人きりで楽しんでるんだから問題は……」

水かけ論に発展しそうな言い合いが、唐突に終わる。室内を満たしていた黒い霞が吸い出されるように、入っていった窓の隙間からこちら側に戻ってきたのだ。

黒い邪気は渦を巻いて、何かを確認するように鳥の形を取ると、再びばらりと解けて籠の中に納まった。その、鳥の姿が。

「――大きくなってる……」

思わずセシルの唇から言葉が零れた。そう、先ほど見た時よりも黒鳥が大きくなっていたのだ。

「これで完了ですわ」

一つ頷くと、楽しげにマーガレットが呟き、舞うようにふわりと踵を返した。

「さあ、次はどちらかしら」

「どちらって」

言いながら、部屋の中の二人はどうなったのかと慌てて視線をやる。呪われ、悲惨な様子になった二人か、もしくは食い散らかされた様子を想像して覚悟を決めていたセシルだが、男性がベッドの上で昏倒《こんとう》しており、更にその横で全裸の女性が途方に暮れたように周囲を見渡していた。

男女共に、呪いの鎖が巻き付いていることもないし、怪我《けが》をしている様子もない。ジャスティンのような黒い霞がまとわりついてすらいなかった。

「…………え、これだけ？」

思わず零せば、マーガレットに付き従って出ていこうとしていた従僕がくるりと振り返った。

「ご不満ですか？　あなたもああして、見るに堪《た》えない劣悪な行為をする人間に聖なる光を与えて、汚らわしい物体を使えなくし、人々を救いに導くことがお望みなのだと思ったのですが」

こて、と首を傾げる従僕に、セシルは口の端を下げる。

「……聖なる光って……部屋に満ちてたのは真っ黒な煙だったけど」

「聖とつくものが白である、というのは概念でしかありません」

「いやまあそうだけど……」

「あの鳥は人の欲望を吸収して大きくなります。どうやらあの行為に欲望を抱いていたのはあちらの紳士だけだったようですね。ですがもう、そういったこともできなくなるでしょう。なにせ、使いものにならないのですから」

「……え？」

「それに、女性側にもそういった欲望があれば昏倒したはずですしね」

従僕が肩を竦《すく》めて呟き、マーガレットについて歩き出す。

使いものにならなくなっている、というのはどういうことなのか。

(ジャスティンさんのように呪われて使えない……ということではないようだけど……)

黒い鳥が欲望を吸収した、と言っていたから、あの紳士の性欲が消え去ったということなのだろうか。そして、それは今だけなのか、それとも永続的に続くのか。

……それは果たしてあの紳士にとって良かったのか……悪かったのか。

「…………とりあえず命が助かったからよかった……のかな……？」

ぽつりと零し、セシルは再度窓の中を覗き込む。怪我をした様子もなければ、邪気や呪いがまとわりついてもいない。となると白魔導士で解呪・解毒が得意なセシルにできることはないだろう。

そう判断し、なんとも腑《ふ》に落ちない気持ちのまま二人についていく。

それでも、ああいった欲望を吸収し、他人の股間を機能不全にする、なんて従来の魔獣とは違う力を持つものが野放しになっているのはやはり看過できない。それに、あの鳥は大きくなっていた。人の欲望で育つ鳥が、欲望を吸収し続けた果てにはどうなるのか……。

「やってみたくはありませんか、白魔導士殿」

考え込みながら薄暗い廊下を歩いていたセシルは、従僕の言葉に顔を上げた。

「え？」

ずいっと彼がセシルの前に顔を近寄せる。

「人々を欲望から救うのです。先ほどの彼女は、あの男に『付き合っていた』だけです。本人にその気はなかった。故にあの場に倒れ伏しているのは彼だけなのです」

それが何を意味するのか。

「欲望を吸収し続ければ、『こんなことは望まない』と願っている人を救うことにもなる。犠牲になる人も減る。人間とは愚かです。自分のためなら他人を踏みつぶしても構わないと思っている。とても興味深い。いつか同じ考えの強者に、自分も踏みつぶされるかもしれないと考えないのですから」

そんな当たり前のことすら考えられなくなる欲望。実に実に興味深い。

うっとりと続ける従僕に、セシルは何も言わなかった。

そういった害悪となりそうな欲望を吸収し、被害者を減らす。なるほど、聖女らしい行いだ。犠牲になりかねない人の救済ともいえるだろう。そして自らが抱いた欲望の果てに苦しむ結果になるというのも、因果応報だ。

「……あなた達は、そうやって他人の欲望を吸収し続けるというのですか？」

不意に足を止めたセシルが、前を行く二人に声をかける。両者がくるりと振り返った。

その目はぞっとするほど真っ暗で、二人ともに引き上げて笑みの形を作る唇が、てらてらと真っ赤に輝いていた。

一歩、マーガレットがこちらに踏み出す。さらり、と着ている真っ白で清楚《せいそ》なドレスが音を立てる。

「ええそうです。今はまだ、こういった汚らわしい行いを率先して浄化しておりますが、最終的にはもっともっと大きな、世界を脅かす破滅からヒトを救っていこうと考えております。我々は魔獣と戦う討伐隊とは違いますが、内側から悪しきものの浄化を図る聖なる祈り手なのです」

厳かに訴えるマーガレットに、顎を引いたセシルが一歩近づいた。

「では、それがあなた達の欲望というわけですね」

ぱちくり、とマーガレットが目を瞬く。構わず、セシルは続けた。

「他人が何を望もうが、どんな欲望を持っていようが、人様に迷惑をかけないのであれば問題はない……私はそう思います。他人を踏みつけてまで肥大した欲望を叶《かな》えようと思うのは、あなた達が言う通り害悪でしょうね。それを排除しようとするのも当然。だからといって、自分の善悪の物差しだけで、こんな風に欲望を吸収し罰を与える権利はあなた達にはない」

きっぱりと告げて顎を上げる。

人は欲望でできている。

もっといいものを、もっと楽しいことを、もっと便利なものを……それを突き詰めて発展してきたのが文明だ。動植物は「そこで生きる」ことをよしとし、「そこで生きる」ことに特化した。だが人は違う。「好奇心」という「欲望」を満たすために、「知識」という「欲」を得るために、ここにない物を求めてさまよい続けている。

新しいものを求めて、世界の理《ことわり》を求め、魔導の根源を探ろうとしている。

その欲望の果てが、戦うことなのだとしたら。

他者の持つ「有益なもの」を得ようと戦を仕掛けるのだとしたら、根源にある知的探求心や好奇心は、なるほど、世界を破滅させるものだといえるかもしれない。でもだからといってそれを全て排して「さしあげる」と考えるのは、あまりにもヒトを馬鹿にした発言だ。

「あなた達は……少なくとも、レディ・マーガレット、あなたは自らの『欲望』を叶えるためだけに、その鳥を使って似非《えせ》聖女を演じているだけです」

ぴくり、とマーガレットの眉の下辺りが引きつる。鳥籠を握り締める手が、かすかに白くなり、震える。

「これが……わたくしの欲望ですって？」

軽やかだった彼女の声が一段、低くなる。

「はい」

怯《ひる》むことなく、セシルが頷く。

ぎゅっと、マーガレットの形の良い眉が寄り、山脈ができた。

その二人の間に、従僕が割って入る。

「確かにそうかもしれませんね」

彼は視線を宙にさまよわせた後、うっすらと微笑み、わなわなと震えるマーガレットに近寄ると、耳元で何かを囁いた。途端、歪んでいた彼女の顔がゆっくりと元に戻り、鳴りを潜めていた優越感が再び溢れ出した。

（……何？）

反対に、セシルが顔をしかめる。この男は何を言った？　と、いうか。

（……もしかして……この従僕の方が怪しい……？）

そりゃそうだ。口が裂けたのだから。

すっかり忘れていたが、この従僕はヒトであると断言できない。もしかしたらこの謎の鳥の出所に一番関わりがあるのかもしれない。その彼が、マーガレットをそそのかし、何かを仕掛けようとしている。油断できないと、身構えると、マーガレットが勝ち誇った笑みを浮かべた。

「でも、これを見てもあなたは我々の聖なる行為を止めようと思いますかしら？」

言って、くるりと踵を返すと歩き出す。

なんとなく嫌な予感がしながら、セシルは慎重に二人についていった。この二人は何をしようとしているのか。何を考えているのか。それを知らねば始まらない。

「……そういえばあなた、お名前はセシルというのですってね」

通路を進みながら、軽やかな声でマーガレットが尋ねる。

「……ええまあ」

今まで名前になど興味もなかった彼女が何を言い出すのかと、怪訝《けげん》な顔をすれば、足を止めたマーガレットが先ほどと同じように右手側にある壁に向き直った。恐らくはまた、同じように細長い窓の向こうで繰り広げられる痴態を「悪しきもの」と判断して欲望を吸い取るつもりなのだろう。

もう見る必要はないかな、とややげんなりしていると、マーガレットが歌うように切り出した。

「彼、あなたを探してここまで来たそうだけど……果たして『欲望』に勝てるのかしらねぇ」

――……彼。

どきり、と心臓が跳ね上がりセシルは慌てて壁に近寄った。壁にはめ込まれた細長い窓から中を覗く。

先ほどよりももっと豪華な部屋がそこには広がっていた。

赤と黒、金が基調となった部屋は広く、天井から下がる鉄製の灯籠《とうろう》の明かりで、大きなベッドに敷かれた真っ白なシーツが光り輝いている。一つ一つの品物は一級品で、上品なつくりなのに、趣味悪く並べられているせいで、何とも言えない、下品な雰囲気を醸し出していた。

だが部屋の様子よりも、セシルの目を奪ったのは。

(マダム・バレーとオズワルド様!?)

唖然《あぜん》とする。

部屋の中央に据えられたベッドの、白く輝くシーツの海に見知った男性と妖艶な美女が組み合っているのだ。よく見れば、オズワルドの上にマダムが乗っかっている。

身を伏せるマダムは、複雑に結い上げていた髪を解き、豪華な金色の滝のように首筋に流している。深紅のドレスは半分以上が脱げ、真っ白な乳房があらわになっていた。

オズワルドは必死に身をよじっていて、この状況に抗《あらが》っているのがわかったが、セシルはそれよりももっと、頭の中が真っ白になる、激しい感情が腹の底から湧き上がってくるのを覚えた。

彼のためになりたい、役に立ちたい、それで少しは振り返ってほしい、認めてほしいという感情をシャッフルして瓶に詰めたのがオズワルドへの想《おも》いだとそう思っていた。

そこに、新たに別の感情が雪崩《なだ》れ込む。

「……彼は耐えられるのかしら。あんな風にお美しいマダムからお誘いを受けて。何事もなくこの部屋を出ることが叶うのかしら」

うっとりした様子で語るマーガレットの声が、遠くから聞こえてくる。目の前が赤くなり、視界が狭まるが二人の様子から目を離すことができない。鼓動がやけにうるさく、腹の奥から震えるような衝動が突き上げてくる。

「あらまあ……マダムったら彼とキスでもするおつもりでしょうか。それに対して、跳ねのけも拒絶もできないなんて、フレイア公爵もただの欲望の塊だったということなのかしらね」

マーガレットがすいっと鳥籠を持ち上げるのが、セシルの目の端に映る。

「さあ、これを使いなさいな、ミス・セシル。そうすれば、あの方の不埒な欲求を全て取り除いてくれますわよ」

うふふ、と低い笑い声が彼女の赤い唇から漏れた。じわじわと身体を侵食していく真っ暗な感情に胃の腑が焦げるようだったセシルは、ちらりとその鳥籠に視線を落とした。

くすぶるように、濃い黒い霞が金色の幕の隙間から溢れ出ている。

ぎり、ときつく奥歯を噛み締める。

彼ら。

わかっている。恐らく、彼らはセシルがこの鳥を使ってオズワルドを呪うところが見たいのだ。

（……そういえばこの従僕、『我ら』と言った。我らはヒトの欲望に興味があると）

だがマーガレットは『欲望を浄化』することに興味があるため、従僕が言うように、ヒトの欲望自体に興味のある『我ら』には当てはまらない。では『我ら』とは誰なのか。

視線の先で、栗色の髪をさらりと揺らして従僕が笑った。あの、耳まで口が裂けた笑みだ。

「見せてはもらえませんか？」

妙な響きを持った声が、従僕の口から漏れる。洞窟で話をするに似た、奇妙に振動した声。

「あなたの欲望を。裏切り者のあの男を。その手でどうするのか……」

溶けてまとわりつくようなその声は、不快感を伴ってセシルの耳に届く。まるで呪うのが正しいことだと、裏切りに怒り狂い、相手を責め立てろと唆《そそのか》すように。すっと目を閉じ、セシルは深く息を吸い込む。目に見える、自分を取り巻く世界を締め出す。

心の中にあるのは、あの小瓶。

感情を詰めてシャッフルし、とてもじゃないがセシルの語彙力では『何色』と表現できそうもない色のそれ。

暗闇の中に浮かぶそれをじっと見詰め、やがてセシルはゆっくりと目を開けた。

オズワルドにとってふさわしい人は他にいたのではないか。対象外だった自分ではなく、ブリジッドやマーガレットのように見目麗しく地位もある相手がいるのではないか。

そんな存在が現れた時、セシルはどうするのか……――。

「その鳥籠を貸してください」

きっぱりと、セシルは告げる。途端、マーガレットがぱあっと周囲が明るくなるような笑みを浮かべた。だがその瞳は墨で塗りつぶしたように真っ黒で、光の欠片《かけら》も見当たらない。

その瞳を見返しながら、セシルは彼女の手から鳥籠を受け取る。

そうして、ゆっくりと頭上に掲げて。

思いっきり狭い通路の床に叩《たた》きつけた！

「!?」

がしゃあん、と金属がぶつかる音がこだまし、目を丸くするマーガレットの前でぶわりと真っ黒な霞が立ち上がる。衝撃を受けて黒い塊が飛び散り、あっという間に細い通路をいっぱいにする。

「わたくしの聖なる鳥が！」

悲鳴のような絶叫が漏れ、従僕が驚いて目を見張る。その光景が次の瞬間には黒い霞に隠れて見えなくなった。

通路に充満する黒い霞の中を、セシルは必死に走った。あれはまだ、魔獣として形を持っていなかった。まだ不安定なのだろう。加えて、自由に飛び回ることをせず、自主的にあの鳥籠に戻るということは、あの籠が何か魔獣を実体化させる魔法道具に違いない。

それを壊した際に鳥がどうなるのかは、一か八かだったが、溢れて飛び散るとは。

どうにか霞を掻《か》い潜《くぐ》り、裏通路から広い表に出たセシルは、一目散にオズワルドとマダム・バレーがいた部屋を目指した。

自分が覗いていた窓は部屋の入り口とは反対側にあったので、ぐるっと通路を回らなければいけない。

走りながらセシルはぐるぐるする思いが一つの方向を指すのに気付いた。

もしも、オズワルドにふさわしい相手が現れたら、その時セシルはどうするのか。

（そんなもん、全力で阻止するに決まってるじゃないですかッ）

全速力で、がむしゃらに走りながら、セシルは決意を固めていく。

当然だ。自分はオズワルド・クリーヴァのせいで酷《ひど》くめんどくさい目に遭っている。たくさん食べなくてはいけないし、ついでに彼の解呪も請け負わなくてはいけない。貴重な時間も将来も費やしているのだから、その対価は貰《もら》わなくてはいけないのだ。

それが、『公爵夫人』なのはちょっと重荷と言えば重荷なので、その辺りは考えないようにしているが、あんな風に組み敷かれて情けなくもマダムの魅力に敗北しようとしているオズワルド（酷い）を放置してなどおけない。

セシルに面倒事を押しつけて、なに自分だけ楽しもうとしてるんだ、というところだ。

（確かに……誰か適当な方をお相手に性欲を吐き出してくればいいではないですか、なんて言ったこともありましたけど！）

想像力が足りなかった、と走りながら歯噛みする。

大丈夫だと思ったのだ。自分とオズワルドはマーガレットが言う「肉体の欲求」なんか関係ない間柄だとそう信じていた。だって、ああいうことをしたのはどちらも治療の一環だったわけだし、オズワルドは切羽詰まっていた。だから、そういうことを別の人としても、なんというか、感情には関係ないと思ったのだ。

（馬鹿でしたっ）

理性的であることが、恋人同士にとって理想だと、何故そう思ったのか。恐らくは何事にも「原理」があるとそれを追究する師匠の元で育った弊害だろう。心の中の師匠が物凄く嫌そうな顔をするが、綺麗に無視してセシルは廊下の角を曲がる。何番目のドアかは忘れたが、マダム・バレーがオズワルドを連れ込んだのだ、きっと一番大きな扉に決まっている。

ほどなく、豪華な黒い扉が見え、セシルは足を止めるとぎゅっと手を握りしめた。

（十中八九間違いなく、この中は混沌《こんとん》としてるはず）

壊れた鳥籠から解き放たれ、飛散した魔獣モドキは窓から中へと入り込み、悪さをしているはずだ。

だがあれは対象を呪わずに欲望だけを吸い取る存在なので、呪いをまき散らしたりはしないだろう。ならば鳥だけをどうにかすればいい。あれは魔獣モドキで邪気が固定されていない状態だから、きっとセシルでも払えるはず。

（そのせいで昏倒とまではいかなくても……三週間くらい寝込むかもしれないけど！）

オズワルド様の股間は私が守らなくてはッ！

何なんだよその決意！　というオズワルドの悲鳴が聞こえてきそうだが、それもやっぱり綺麗に無視をしてセシルは右足を振り上げるとそこになけなしの魔力で「強化《ライズ》」をかけ、急に熱くなったそれを思いきりよく扉に打ちつけた！

物凄い破砕音を立てて扉が内側に吹っ飛び、己のかけた魔法にちょっと動揺しながらもセシルは中へと飛び込んだ。

室内に邪気は充満していなかった。灯火の下に見えるのは、先ほど窓から覗いたのと寸分たがわぬ光景。あの鳥は廊下で蔓延《まんえん》しているのかと、頭の片隅で考えながらも、すっかり半裸まで剥《む》かれているオズワルドを視界にとらえると力一杯床を蹴った。

そのまま数歩で彼らの元にたどり着くと、振り返り、真っ黒な瞳を驚いたように見張る、もはやドレスをほとんど脱いだマダムに飛びついた。

ベッドから彼女を突き飛ばすようにして一緒に落ち、床にぶつかった衝撃に息が詰まる。上に乗っかる形となったセシルが、マダムの顔に手を触れた瞬間、すさまじい爆風が彼女を中心にして巻き起こった。

「！」

ごうっと耳元で風の音がして、セシルの髪が逆立つ。下から吹き上げる風に乗って何かがばらばらばらと身体に当たり、セシルは顔を手で庇《かば》いながらマダムを見下ろした。

そして目の前の光景に唖然とした。

マダムが、自分の下で粉々に砕けていた。

「な」

座り込んだ床一面に、マダムの残骸と思《おぼ》しき黒い小石のようなものが積み重なっていく。やがて吹き上げる風もやみ、乱れた髪からぱらぱらと小石の粒を落としながら、ゆっくりとセシルが立ち上がった。途端、ざらざらと音を立てて身体から真っ黒な小石が落ち、足首までの高さの小山ができていた。

「何なんですか、これ……」

思わず呟く。

マダム・バレーはセシルと接触した衝撃で、どうやら黒い小石の山になってしまったようである。

8　館の主とリコリス

「……セ、セシル？」

この黒い石は黒曜石のようだと、おもむろにしゃがみ込んで、研究材料になるかもと拾い上げていたセシルは、かすれた声で名前を呼ばれて顔を上げた。ベッドから首だけもたげたオズワルドが、苦しげな声で告げる。

「大丈夫か？　何があった!?」

「オズワルド様こそ……何してるんです、こんな所で」

よくよく見れば、オズワルドのズボンからはベルトが消えて、上のボタンも一つ外れている。あられもない格好で艶やかなシルクのシーツに横たわるオズワルドは、頭上で両手が拘束されているようなのだが、腕を拘束しているものが見えない。

なんとなく……なんとなぁく白い目で婚約者のことを眺めていたセシルは、自分の中のスイッチを切り替えて、改めてオズワルドを「視《み》」た。

「……これは……」

重たそうな黒い石の塊が、オズワルドの両手首にがっちりとはまっている。視線をずらせば足首にも。なるほど、だから彼は身を起こせないのだと気付き、セシルはふむと腕を組んだ。

「おい……俺の手と足はどうなってる？」

力を込めて外そうとするオズワルドの、筋肉の筋が見える腕を見詰めながら「まあそうですね」とセシルはおざなりに答えた。

「縛られてますね」

「しばっ……解けそうか？」

やや青ざめるオズワルドにのろのろと近寄り、セシルは再び白々しく彼を眺め下ろした。

「それよりもオズワルド様はどうしてここに？　何故《なぜ》マダム・バレーに組み敷かれてたんですか？　こういうのが趣味なんでしょうか」

「馬鹿言え！　お前を探しにきたに決まってるだろ！」

「ほえ？」

間抜けた声が出た。思わず目を瞬《しばたた》くセシルに、オズワルドが物凄《ものすご》く不機嫌そうな顔をした。

「そんな……あちこち丸見えみたいなドレスを着て……お前こそ、こんなところで何をしてる⁉」

視線を落とし、自分の格好を確認する。

「……まあ普通だと思いますけど」

「どこがだ！　いつももっと露出が少ない格好をしてるだろ！」

「そうですけど……似合ってません？」

「そんなスカートいっぱいに奇妙な黒いもの抱え込んでる姿を見せられて似合うも何もないだろう」

「これは重要な物的証拠なので持ち帰ります」

「膝まで見えてるじゃないか！　ちゃんと着ろ！」

「じゃあどうやってこれ、持って帰るんですか」

「俺が持ってやるから……早くこの」

喚《わめ》きながら再び腕や足に力を込める。

「なんだかわからん拘束を取れ！」

確かにそうしたいのはやまやまなのだが……。

「それが……どうやって解くのかよくわからないので、師匠に連絡を取ってきてもらった方が早いかなって」

「それだけはやめろ」

オズワルドが青ざめて訴える。こんな情けない格好で拘束されている姿を、よりにもよってあのカーティスに見下ろされるのは死んでもごめんだということなのだろう。

「でもこれは私が得意とする呪いや何かとはちょっと違うようですし……固形っぽいし……あ、でも普通の人では見えないから、やっぱり邪気が凝り固まってできたものなのかな……」

そういえば、マダム・バレーも何故か黒曜石のようなものに変化した。恐らく、実体ではない、魔術によって何かを繋《つな》ぎ合わせて動かしていた、のだと思う。繋ぎ合わせていたのが邪気や、それに類するものだったので、解呪する力を持つセシルが触れたことでばらばらに砕けたのだろう。

もっともそれも単なる推測にしか過ぎないので、正解かどうかはわからない。

触れた瞬間、自分の中に邪気が吸い込まれた感触はなかった。だがマダムの傀儡《かいらい》が崩れたのだから、恐らく何かセシルの中に取り込まれたものがあるのだろう。あまりに衝撃的な光景の連続だったため、現在の体調もよくわからない。そんな状態でこのオズワルドを戒めるものに触れて大丈夫だろうか。

「……もしかして、この拘束を解除するのにお前に負担がかかるのか？」

思わず黙り込んだセシルが珍しかったのか、柔らかい声がする。視線を戻せば、やや心配そうなオズワルドの表情が飛び込んできた。

正直なところ、どうなるのかはわからない。

わからない、けど。

「……大丈夫です。オズワルド様がマダム・バレーに犯されるのを阻止するのに三週間の昏倒《こんとう》は覚悟してきたので、まあなんとかなるでしょう」

「!?」

そうだった。

自分はオズワルドを助けるために、三週間程度の昏倒は覚悟してきた。いまさらこんな、黒い塊を解除するくらい何でもない。

「これくらいなら三日間前後不覚になるだけなので、平気です」

「待て待て待て待て、いい！　お前に負担をかけるくらいならカーティス導師を呼んでこい！」

「いえいえ、私も自分の好きな人がこんなあられもない格好で拘束されている姿を他の人に見せるわけにはいきませんから。万が一何らかの劣情を持たれても困りますし」

「恐ろしいことをさらっと言うな！　やめろ！　セシルッ！」

「まあまあ、落ち着いて」

「落ち着いていられるかあああぁ！」

動けないオズワルドを見下ろし、セシルはニンマリ笑うと、スカートの上に抱えていた黒曜石をベッドの隅に丁寧に置き、枕元に拘束されている男の手首へ向かってシーツの上に乗り上げてにじり寄った。

激しく身をよじるオズワルドを綺麗《きれい》さっぱり無視し、セシルはそっと黒い塊に手を触れる。

ぞわり、と背筋がざわめき微量な邪気が掌《てのひら》から内側へと流れ込む。これくらいなら平気だなと、思った瞬間、ばらりと黒い拘束が崩れ、かすかな煙となって立ち上る。

「拘束は石のような塊ではないのか……」

ぽつりと零《こぼ》し、天井にたどり着く前に消える霞《かすみ》に眉間に皺《しわ》を寄せる。あれは何なのか。魔術か何かだろうか。だとしたら魔獣が使うものの一つということか……。

黒曜石を調べれば何かわかるかもしれないが、まずはオズワルドの足の拘束が先だと足元に向かおうとして。

「やめろ！」

怒声がして、驚異的な腹筋力を発揮し、身を起こしたオズワルドが後ろからセシルを抱きしめた。

「これ以上オカシナものを吸い込むな！」

手の拘束を先に解いたのは失敗だったな、と思わず舌打ちをするセシルを他所《よそ》に、彼女の身体《からだ》に手を這《は》わせたオズワルドが、切羽詰まった声で続ける。

「大丈夫か!?　痛いところは!?　意識が遠のくとか、力が抜けるとか」

「大丈夫ですよ、オズワルド様。大したことありません」

「だがお前、三週間昏倒するって……」

ぐるっと反転させられ、額をぶつける勢いで顔を覗《のぞ》き込まれる。金緑の瞳が不安で揺れているのが見て取れ、セシルはふっと胃の奥でくすぶっていた黒い塊が氷解するような気がした。

「あれは私の覚悟の表れであって、最悪の事態の想定というだけですよ」

淡々としたセシルの語り口にほっとオズワルドの肩から力が抜ける。するっと腕をすり抜けて、足元に向かおうとすれば、まだ納得はしていないのか伸びた腕に腰を掴《つか》まれた。

「何ですか、先にあれ、解除しないと」

「そのドレス、どうしたんだ」

「……オズワルド様こそ、シャツと上着とネクタイ、どうしたんですか?」

うぐ、と言葉に詰まるオズワルドだったが、それでもセシルを放したくないようで足元に向かう彼女に腕を回したままだ。そのため、腹筋の後は前屈になっている。

「……辛《つら》くないんですか」

「お前の行方がわからなかったことに比べたら何でもない」

なるほど。心配をかけたようだ。

足元の黒い塊も解呪し、ようやく自由に動けるようになった瞬間、オズワルドがセシルに飛びかかりすべすべしたシーツの上に押し倒す。そのままぎゅうぎゅう抱きしめる彼の背中を、ぽんぽんと叩《たた》いてやった。

「こんなところまで来て、何をやってるんだ」

耳元でかすれた声が囁《ささや》く。それに、セシルは黒鳥とマーガレットと従僕がどうなったのか視線を動かした。

窓があった場所には鏡が設置されていた。当然と言えば当然だが、鏡から奥の様子は見えなかった。

だが、じわりと黒い霞が溢《あふ》れていて嫌な予感がした。

「オズワルド様。実は私、ジャスティンさんの股間事情を探るうちに、謎の鳥に遭遇しまして」

「……奇遇だな。俺もその鳥を追ってきたんだ」

「ほほう……鳥を追ってマダムと一線を越える羽目に？」

「あれは！」

ばっと顔を上げ、それからふとセシルの表情を目にとめたオズワルドが何とも言えない複雑な顔をした。

「…………――もちろん、俺にその気なんかなかった。ただ嵌《は》められたんだ。だから……そんな顔をするな」

そっと伸ばされたオズワルドの手がセシルの頬を撫《な》でる。熱い指先に、ずきりとセシルの心臓が痛む。

「そんな顔ってどんな顔ですか」

「俺を他の誰にも渡したくないという顔だな」

「そうですか、よかったです。私としては肉欲に駆られたオズワルド様が自らの欲望に負けてマダムと一線を越えなくて本当によかった、という顔のつもりだったのですが、そうですかそうですか」

「お前は俺を一体なんだと」

「……二十人お付き合いされた人がいて、ゴシップ誌に書き立てられる人だと思ってます」

がん、と鈍器で頭を殴られたような顔をするオズワルドを見上げ、セシルは眉間にくっきりと皺を築いてみせた。

「図星ですか」

「いや、違う！　ていうか、二十人は誇張だ！　あと今は――」

「これはまた、随分と派手に壊しましたねぇ」

その瞬間、妙な響きを帯びたのんびりした声が室内に響き、一瞬でオズワルドがセシルを庇《かば》うように跳ね起きた。慌ててセシルも身を起こす。二つの視線が捉えたのは、栗《くり》色の髪の従僕だ。

「……お前がリコか」

身構えるオズワルドが低い声で尋ねる。セシルははっとした。もしかして彼を……知っている？

「……知ってるんですか？」

「初対面だ。だが……こいつがあの鳥の世話役だと聞いた」

「誰に？」

「シェフィールド伯爵」

視線を逸《そ》らすことなく告げる。二人のやり取りを交互に見ていた従僕……リコが扉を潜《くぐ》って進み出ると、セシルが拾い損ねた黒曜石の小山を見てしゃがみ込む。

「へ～……どうやってマダム・バレーを分解したんです？　結構上手に繫いでたと思うんですけど」

「……繫ぐ？」

怪訝《けげん》そうなオズワルドの横で、セシルがすっと顎を引く。やっぱりそうか。あの邪気でこの黒曜石を繫いでマダム・バレーを作り出していたのだろう。

「あれは何だったんですか？　傀儡？　形代？　人形？」

庇うように腕を上げているオズワルドの横から顔を出し、セシルがリコをひたりと見据える。彼女に視線を移したリコがこてん、と首を傾《かし》げてみせた。

「我々は欲望に興味があります。彼女はとてもよく、人の欲望を見せてくれた。傀儡形代人形……どれも正解といえるし間違いともいえますね」

真っ黒な瞳がこちらを見詰め、セシルはますます不快になる。元からこの従僕のしゃべり方には寒気を覚えていたのだ。

「黒魔術ですか？　黒曜石を使った」

きっぱりと告げれば、初めてリコが嬉《うれ》しそうな顔をした。

「厳密には違うのですが、ミス・セシル。まあ、黒魔術の一種ですかね。実際、黒魔術の中にあるでしょう、複製《レプリカント》という魔法が。それを流用した新しい魔術なのですが、お陰でたくさんの欲望を観測することができました」

リコが一歩前に踏み出し、舌打ちしたオズワルドが今度はセシルを自らの背後に押しやる。

「オズワルド様……」

「前に出るな」

「でも」

「悪趣味だとしか言いようがないが、人の欲望を見てどうする」

オズワルドの問いに、リコが数度目を瞬いた。

「われわれの新たな魔術の礎となります」

リコの歌うようなその台詞《せりふ》に、二人はちらりと視線を見かわした。

「魔獣モドキか」

「……人造、と言ってもいいかもしれません」

ようやくわかった、とセシルが琥珀《こはく》色の瞳を炯々《けいけい》と輝かせた。彼女は自らの内側に真っ白な明かりがともるような気がした。

「その黒曜石は魔力核の代わりなのですね。そこに邪気を集めて繋ぎ、形を作る」

そうして偽物のマダム・バレーやあの黒鳥モドキとして姿を現した。

睨《にら》みつけるセシルに、リコがとてもいい笑顔を見せる。

「我々は魔獣の出現に興味がありました。奴らはどうやって普通の生き物と一線を画して存在するのか。その原理を探るうちに、奴らが発する邪気に興味が湧きました。邪気や呪いはヒトに害を及ぼすもの。それを魔獣は己の糧にしている。ではその邪気や呪いの源は？　何だと思います？」

言葉による呪いの鎖。その内容は大抵が恨みつらみだ。人の念もそう。誰かを強く想《おも》う気持ちがやがて害悪にもなる。根幹は欲望。何かをしたいと願い、叶《かな》わないと知った時に、その原因を恨んだり憎んだり嫌ったりする。

「ね？　ミス・セシル。興味が出たでしょう？　叶わなかった想いや踏みにじられた想いは欲望からきています。なら、純粋に欲望を集めていけば……それを固めて繋げれば……」

うふふ、と反対側に首を傾げてリコが嗤《わら》う。耳まで口の端が届く、あの笑みだ。

「……ジャスティンさんや、先ほどの男性の股間の機能停止は副作用ですか？」

「そうですね。肉欲を吸い取ってあの子の餌にしたので。機能しなくなったんでしょう。我々の調べだと、痴情の縺《もつ》れというのが一番わかりやすく顕著に欲望が現れているので」

「待ってください。それだと、ジャスティンさんは肉欲もなく、聖人君子のようにひっそりと暮らす生活を望むんだと思いますが、彼は新しい彼女さんを喜ばせられないと言ってました。それってまだ欲望があるってことですよね？」

肉欲を吸い取られて機能しなくなった、では無理がある。

ぎゅっとセシルが両手を握りしめた。

対してリコは肩を竦《すく》める。

「マーガレット嬢は先ほどのように直接性行為をしているところに黒鳥をぶつけた、いわゆる『補給』行動でジャスティン・マーチを陥れたわけではありません。朝に晩に、彼女はあの鳥に願いました。マーチ隊長が新しい恋人を作りませんように、と。願いは半魔獣の黒鳥の力を借りて霞となり彼に絡み、やがて使い物にならなくなって腐って落ちる」

力が半端だったために、言葉の鎖の形を取らずに霞となったのだろう。

そう、結論づけるセシルの隣から呻《うめ》き声が聞こえた。ちらりと見れば青ざめたオズワルドが見えた。

「なるほど。黒鳥に餌をやる代わりに願いを叶えてもらっていたということか」

「その願いも、我々にとっては喜ばしい欲望ですけれどね」

リコからすれば、それこそが狙いなのだろう。

黒曜石を核とする魔獣モドキに欲望を食わせ、力を得ると人の欲望を『呪い』という形で叶える。

……では、その先は？

「いやぁ……楽しい限りです。呪われた側も己の欲望を満たすためにどうにかして解呪しようとする」

自らの欲望のために。己のためだけに、他人を陥れる手段に手を染める。

「ヒトの本質を見ているようだ」

「……一体どれだけ生産した？　王都にあんなものをはびこらせられると思ってるのか？」

オズワルドの、静かな怒りのこもった声が響く。だが意外にもリコは悲しげに首を振った。

「残念ながらあの一体だけなのですよ……その鳥もミス・セシルに分解させられました。黒曜石のパーツを定着させるにはあの金色の鳥籠が必要だったのに……壊されて……」

致命的だと、彼は一人ぶつくさ零す。

「マダム・バレーも、この館から定着させる力を得ていたのに崩壊させられましたし……」

ふと、考え込むように目を伏せたリコが、その真っ黒な瞳をひたりとセシルに向けた。

「……あなた……本当にただの白魔導士なんですか？」

人々の暗い願望を邪気にして、黒曜石を媒介にまとめ上げて人造の魔獣を作り上げる。

人造の魔獣は尽きることないヒトの欲望を吸収して大きくなり、その過程で人の欲望を呪いによって叶える。またその叶った昏《くら》い欲望が魔獣の糧となる……。

その複雑な螺旋《らせん》の中に、セシルは入らない。

何故なら彼女は、名目がどうであれ、人を害する邪気を吸収し、分解してしまうからだ。

でもそれは言えない。知られてはいけない。この力は唯一無二のものだから。

「ただの白魔導士じゃない」

ぎゅっと両手を握りしめるセシルを、今度こそ本当に庇ってオズワルドが前に出た。ベッドから降り、リコを睨みつければ、彼が眉を上げた。

「では一体?」

「次期公爵夫人の」

ぱん、と両手を打ち合わせ、流れるような動作で引き離す。すらり、と白銀の光を放って剣が現れる。気付いたリコが身構えるより先に、オズワルドが床を蹴っていた。

「落ちこぼれ白魔導士だッ」

縦に一閃《いっせん》。

振り下ろされた白刃が、リコを頭上から足先まで真っ二つに切り裂いた!

だがまるでゼリーを切り分けるかのように、何の手ごたえもない一撃に、オズワルドがぎょっとした。剣を引けば、切り裂かれたリコの、その裂け目から血が噴出することなく、黒い靄《もや》がうねうねと

不規則に動き、当然といえば当然なのだが、ヒトではないことが証明される。

「ひじょうに……きになりますねぇ……セシル……ローズウッド……」

どろどろと溶けるような声で囁かれる。にたり、と真っ赤な口が耳まで裂け、リコだったものがその場にどしゃりと崩れ落ちた。

「近づくな」

ああいう禍々《まがまが》しいものにセシルを近づけさせたくないのか、オズワルドがベッドを降りたセシルの腕を掴んだ。だが彼女はふるっと首を振ると、まっすぐにオズワルドを見た。

「それでも、ああいった怪しい物体を調べるのが私の仕事です」

きっぱりと告げ、そっと彼の手を離す。それからじわじわと床に広がるリコだったものに近づいた。

「……ほほう……これまた真っ黒で得体のしれない物体ですな」

「……さっきのマダムと似てはいるが」

「こっちは砂状ですね。あの黒曜石をもっと砕いたような……」

どちらにしろ、傀儡、形代、人形の類《たぐい》だったというわけだ。

この違いは何なのかと、ぼんやり考えながら、拾い上げようとしゃがんだところでオズワルドにひょいっと抱き上げられた。

「何するんですか!?」

「さっきも言ったが俺が持って帰る。とにかくお前はあれに触るな」

「でも、触らないと研究できませんよ」

「しなくていい。厳重に梱包《こんぽう》してあの引き籠《こも》り導師のところに送りつけろ。喜んで分析するだろ」

「それはまあ……そうですけど」

その瞬間、ばーんと扉が開き、誰かが転がり込んできた。

「オズワルド、無事か!?」

「ザック」

先ほどまでの騒音を聞きとがめて駆けつけたのか、血相を変えたザックが立っている。立っているのだが。

「――……お前……の方こそ大丈夫そうじゃないな、なんだそのシャツいっぱいについた口紅の痕は」

ズボンからシャツの裾が片方はみ出し、腕にジャケットを抱え、髪が乱れたザックの、胸元やら襟元とやらに真っ赤な口紅の派手なキスマークがついている。

「え？　あ、いやぁ……ここのおねいさん達、なかなか積極的でさ……こう、聞き込み調査をやってたんだけどさ～いやいやいや……まいったよね」

「…………………へぇ」

「クリーヴァ隊長！　ご無事ですか!?」

そんなザックを胡乱《うろん》げに見詰めていると、再び入り口から声がする。見ればぜーはーと肩で息をするジャスティンの姿が。

「ジャスティン」

こちらも心配してくれたのかと少し感動するが、よくよく見れば、ジャスティンは両手にずっしりと何かが詰まった袋を持っている。

「……それは？」

思わずオズワルドが指摘すれば。

「え？　あ、いやあ……中で行われている賭博の不正調査を独自に行っていた結果、このように大量の証拠物件を入手することが叶いまして……」

トンデモナイ大勝ではないのか。

そんな目いっぱい「遊んでました」を体現する二人が、きりっとした顔でオズワルドとセシルを見た。

「なんにしろ……無事でよかった」

「心配……しましたよ」

「無事を喜んでいるようにも心配してたようにも見えないけどなっ」

えらい剣幕でオズワルドから突っ込まれるも、既に慣れてしまっているのかザックがへらりと相好を崩し、更にはセシルを抱えて立つ上半身裸の彼に視線をやった。

「しっかし、隊長もそんな傷痕自慢するような格好でセシルを抱えて……とうとう欲求不満が爆発したのか？」

「ち、が、う」

「そうですよ、ザックさん」

苛立《いらだ》つオズワルドの腕から逃れ、しゅばっと隣に立ったセシルが胸を張った。

「オズワルド様はたった今謎の美女に襲われていたのですから」

「謎の美女だと⁉　何それもうちょっと詳しく！」

「クリーヴァ隊長……ミス・ローズウッドという人がありながらなんてことを！」

「情報はッ！　きちんとッ！　報告してくれないかな、セシル・ローズウッド君」

物凄い笑顔でセシルを振り返ったオズワルドが奥歯を噛み締めたまま続ける。

「謎の美女ではなくて、あれは」

「あ、そうですね。彼女は謎の美女ではなくこの館のマダムで、その彼女にオズワルド様はあっさり捕まり」

「お前のことを教えるって言われて案内されたんだ！　そうしたら謎の黒い霧が発生して身体を拘束」

「その割には上半身をひん剥かれ、下半身もベルトとボタンを外されてましたよね」

「セシル・ローズウッドオおおお」

「オズワルド様は両手を拘束された状態で一枚ずつ上着、シャツをも脱がされあられもない格好でそのベッドでマダムに押し倒されていました。そこをわたくし、不肖、セシル・ローズウッドがえいやっ！　とマダムを成敗し救出した次第にございます」

ご清聴ありがとうございます、と深々と舞台挨拶さながらに頭を下げるセシルに、「おおおおお」とザックとジャスティンが拍手をした。

「やるなぁ、セシル。でもオズワルドが襲われてるのを見て驚いたんじゃないのか？」

「そうですよ、婚約者のピンチを救うのは並大抵のことではないとは思いますが、不安はなかったのですか？」

詰め寄り口々に尋ねる二人に、セシルはそっと目を伏せた。

「大丈夫です。オズワルド様のムスコサンはまだお家におりましたし、悲惨な状況を目にする前で本当によかったです」

「だから油断したせいで変な術にかかってって、おい聞いてるのかセシル！」

隣で盛大にオズワルドが何かを喚いているが、セシルは綺麗さっぱり無視をした。なんというか、意趣返しのような気分でいたのでよしとする。代わりにがしっと頬を片手で掴まれて、唇を尖《とが》らせた顔でオズワルドと向き合うことになったが、これも毎度のことなのでほぼノーダメージだ。

「言っておくがな、お嬢さん。俺は、あの状況でできるようになるほど、雑な神経の持ち主じゃないんだよッ！　もっと繊細なのッ！」

「それはそれでちょっとイメージ違うのでがっかりですね」

「お前は俺を何だと思ってるんだッ！」

「とにかくオズワルド様のムスコサンは私によって守られたのだからいいじゃないですか」

「言い方ッ！」

頬を掴まれたまま、ぐいっとセシルがジャスティンの方を向く。

「問題はジャスティンさんの瀕死のムスコサンです」

「そうです！　俺の、俺のムスコは⁉　元気になりますか⁉」

「寄るな馬鹿！　セシルの足元にひれ伏すんじゃない！」

「お願いです、先生！　ムスコは……ムスコは大丈夫なのでしょうか⁉」

縋《すが》りつくジャスティンを見下ろし、セシルはきっと部屋の上部に設置されている鏡の方を見た。

鳥籠は破壊され、黒鳥を形成していた邪気はばらばらになった。その後に何が残っているのか。

マーガレットはどうなったのか。鏡から邪気がしみ出してくる様子はないが果たして――……。

「……それを今から確認しに行きましょうか」


先ほどまでいた廊下にたどり着いたセシルが見たのは、うつ伏せに倒れているレディ・マーガレットと鳥籠に被《かぶ》せられていた金の刺繍《ししゅう》が施されたカバーだけだった。

マーガレットに関しては気絶しているようで、邪気による影響がないかどうかセシルが触れてみたが、特に流れ込んでくるような悪いものはなかった。念のため治癒魔法をかけ（見たところ、膝辺りに打撲痕があったので、倒れた時に打ったものと思われる）彼女のことは一番接点がないザックが背負って階下に降りることにした。

例の黒鳥も鳥籠の残骸もどこにも見当たらず、残っていたのは、黒曜石を削って作った小さな鳥の置物だけだ。これをセシルが使える最大級の防護《プロテクト》をかけて保管し、後でカーティスの元に送付することにする。

最後はこの店の処理だが。

「マダム・バレーが何者なのか、ここの遊技施設は違法なのか合法なのか、その辺りの判断は俺達の管轄外だからな。黒鳥の脅威は去ったから、聖騎士団の現在の役目は終了させる。後はジオーク総帥の判断を待とう」

マダムがいなくなっても、遊技施設の方のオーナーがいるからだろうか、混乱もなくひっそりとしている。

「ところで、なんでお三方はここがわかったんですか？　シェフィールド伯爵に聞いたって言ってましたけど」

シェフィールド家にマーガレット嬢を迎えにきてもらうよう伝令を出し、その後ロビーで待ちながら尋ねると、ソファに寝かせた彼女を遠巻きにしていた三人が振り返った。

「例の市街地で魔獣を見たっていうのがあっただろ？　あの調査中に黒鳥が飛来してきたんだ。それで王城の方に向かって飛んでいったから、慌てて警備態勢を敷いて……」

その最中、セシルが行方不明と聞いたのだ。

「……それで王都警備をほっぽらかして私を探しにきたんですか」

思わず半眼で言えば、オズワルドがむっと眉を寄せる。

「当然だ」

「なんと」

驚くセシルにつかつかと近寄り、手を伸ばして抱きしめる。ぎゅうっとされてセシルは閉口した。

「……心配したんだぞ」

「……まあ、でも私だって連絡手段があったわけではないので……」

「おや？　俺が心配してたのはこの施設がよくわからない真っ白な煙で包まれて、害虫駆除をされてることだったんだが？」

揶揄《からか》うような口調に、セシルは閉口する。やったらやり返されたというところだ。

「ご期待に沿えず申し訳ないですね」

「……嘘《うそ》だよ。お前がどうにかなるわけがないとわかってはいたが、昏倒してしまう可能性だってあったろ？　魔獣が絡んでたし」

いまだ腕は解かれず、ぎゅうぎゅうと抱きしめられている。まぜっかえしたくなるのを堪《こら》えて、セシルは素直に謝った。

「ごめんなさい」

「これにこりて、もう一人で行動するな」

「それは無理です」

「…………」

「…………」

しばらく沈黙による応酬が続く。両者一歩も引かず、というところで、ふとかすれた呻き声が聞こえて二人はそちらを見た。マーガレットが寝かされているベンチの上で身じろぎしていた。

「いいですか、ジャスティンさん！　穏便に……穏便にお願いしますね」

自分のムスコの生死（?）がかかっているのだ。言いたいことも山ほどあるのだろう。人当たりがよく柔和な笑顔が似合う彼が珍しく激怒しているのを目の当たりにしたセシルが、慌ててオズワルドから離れて彼の腕を掴んだ。ちなみに振りほどかれたオズワルドは諦めきれないようで、セシルに背後から腕を回している。

「……オズワルド様、重いんですけど」

「うるさい、勝手にそいつに触るな」

「だって止めないと、ジャスティンさんが殺人者に」

「なりませんよ、ミス・ローズウッド。ただ……」

ゆっくりと瞼《まぶた》が持ち上がり、マーガレットが目を覚ます。ぼんやりした眼差《まなざ》しが宙を漂い、固唾《かたず》をのんで見守る四人へと向かった。そしてジャスティンを認めると、かすかに彼女の瞳が大きくなった。

彼女の唇が震える。

それを見詰めるジャスティンが笑顔で静かに続けた。

「ことと次第によっては何らかの責任を追及する予定です」

どうやって!?　という疑問が三人の脳裏をかすめるが、それを尋ねるより先にマーガレットが飛び起きた。

「ジャスティン様！」

さあ、彼女の様子はどうだろうか。

わなわなと震え両手を組み、祈るような姿でそこにいる彼女の、真っ黒な瞳をセシルは観察する。

『聖女』として振る舞っていた時、その瞳は真っ黒で一切の光が見えなかった。だが今は一筋の白っぽい光があるように見える。

「わたくしは……一体……」

乱れ落ちてくる髪を掻《か》き上げる。本当に混乱したように視線をうろつかせる彼女に、オズワルドを背後にしょったまま、セシルが一歩前に踏み出した。

「レディ・マーガレット。私のことはわかりますか？　どうやってここに来たのかも」

視線を向けたマーガレットが、数度目を瞬く。それから眉間にくっきりと皺を寄せると両手に顔をうずめてしまった。

「わかりません……あなたは一体？　ここは？」

くぐもった囁き声が聞こえる。かすかにセシルに回された腕に力がこもり、オズワルドが「何を白々しいことを」と思っているのがなんとなくわかる。その腕をぽんぽんしながら、セシルは青ざめて強張《こわば》るジャスティンへと視線を向ける。

「では、レディ・マーガレット。この方は知ってますよね？」

すると、びくりとマーガレットの肩が震え、長い沈黙の後に、蚊の鳴くような声で「はい」と答えた。

「あなたが彼を……」

ここでセシルは語を切った。逡巡《しゅんじゅん》し、それからきっぱりと告げる。

「自ら聖女として悪しき鳥の力を借り、たくさんの不幸な人を作り上げ、尚且《なおか》つ自らの願いを鳥に託《たく》して隊長を呪っていたことは覚えてますか？」

その言葉に、弾《はじ》かれたようにマーガレットが顔を上げる。血の気の失《う》せた顔の、大きな眼《め》だけが異様な光を放っている。

「呪ってなどいません！　わたくしはただマーチ隊長が誰のものにもならなければいいと……」

「ありがとう、レディ・マーガレット」

悲痛な声で訴える彼女の言葉を、ジャスティンが遮った。それから、精一杯友好的な笑みを浮かべて彼女を見る。

「あなたがいつ何時《なんどき》、どういったつもりで俺に興味を持ってくれたのかは、正直わからない」

憧れの人に直接声をかけられて、マーガレットの頬が紅潮する。よろけるようにベンチから立ち上がり、ふらふらと近寄る彼女に、しかしジャスティンは笑顔ではっきり答えた。

「だが俺はあなたのものになる気もない」

ぴたり、とマーガレットの足が止まる。

「え？」

「誰のものにもならないでほしい……なるほど、その気持ちはわかりました。ただ、言っておきますが、あなたのものになる気もないし、そもそも、誰かとどうにかなりたいと思った時、俺は自分から行動します。たとえ、あなたに邪魔をされても」

続く言葉が震えている。

「俺のムスコが滅んでも……俺は……あなたとだけは一緒にならない」

きっぱりと告げられた言葉の内容に、マーガレットが目を見開く。「どうして」とかすれた声が耳を打つが、ジャスティンの答えは明確だった。

「あなたが好きじゃないから」

「ジャスティンさん」

あまりの直球具合に、さしものセシルも声を挟んでしまう。それに対して、ジャスティンはただ肩を竦めるだけだ。

「当然だ。あんな風に呪いをかけるような人間を信用などできない」

「でも、レディ・マーガレットは覚えてないようですし……」

大きく見開いたマーガレットの瞳から、ぽろりと大粒の涙が零れる。それから幾粒も、はらはらと落ちていく。レディの涙。だがそれに動揺するのはザックとセシルだけで、オズワルドとジャスティンの空気はどんどん凍りついていった。

「わたくし……わたくし、何をしたか覚えてないんです……どうしてここにいて……ずっと憧れていた人から拒絶されるのでしょうか……納得いきません」

とうとう泣き出すマーガレットに、オズワルドが鼻で笑う。

「憧れていたら拒絶されないって？　それはまた大きく出たものだな」

「そうですね、こちらに起きた出来事に関しては一切無視な感じですからね」

腕を組んだジャスティンもうんうん頷《うなず》く。それを前に、マーガレットが震える指先をジャスティンへと差し出した。

「ではわたくしのこの気持ちは……どうしたらいいんです⁉　あなたと女性が一緒にいるのを見るたびに身を切られるように辛くなる、この気持ちは⁉」

「どうって……」

呟《つぶや》き、ジャスティンがオズワルドを見る。彼は呆《あき》れたように言った。

「自分でなんとかしろ。自分の気持ちだろ」

一刀両断だ。

「も、もっと言い方とかないんですかッ」

青ざめて震えるマーガレットを横目にたまらずセシルがそう言えば「知るか」と一蹴される。

「俺達には関係ないことだし、もっと言えばジャスティンは被害者だろ。いいか、セシル・ローズウッド。全ての好意をありがたく受け取ることは、果たしていいことなのか？　好意だったからと、呪われた事実を許せというのか？　……ま、でもこれはジャスティンが考えることで俺達が考えることじゃないけどな。俺達は巻き込まれたわけだし、あとは二人で解決してくれ」

そのまま強引にセシルを抱き上げ、すたすたと歩き出す。

「でも、ジャスティンさんのムスコサンは」

「不具合があるなら明日家まで来てもらえ。どうせ証拠品をリンゼイ導師かカーティス導師に送るんだろ？　なんならジャスティンに持っていってもらって、その先で引き取ってもらおう」

「でも！」

「帰るぞ」

反論は聞かない、と今まで散々我慢してきたオズワルドが強固に態度で示し、閉口するセシルを抱えて大股で歩き出す。腕越しに振り返れば、両手をきつく握りしめて俯《うつむ》くマーガレットと、額に手を当て、呆れた様子で天井を仰ぐザック、それから笑顔で手を振るジャスティンが見えた。

「気にしないでください、ミス・ローズウッド。慣れてますから」

股間を呪われたのは初めてですけど、とからりと笑うジャスティンにひらりと手を振り返し、マーガレットを窺《うかが》う。

彼女は……まだ納得はいってなさそうだった。握りしめた拳が白くなっている。だが、切り替えた視界に映るものは、深い青色で、そこにずっとまとわりついていた黒い感情は見て取れなかった。

確かに強い感情はヒトに災いをもたらす。だが、彼女をおかしくしていたのは黒鳥あってのことだろう。

嬉々《きき》として欲望を奪い取り、聖女として陶酔していた彼女。叶わないのなら全て、汚らわしいものとして排除しようとするその考えに、セシルは同意できない。だからこれでよかったのだ。

そして、全てをなくした彼女にできることは。

(……諦めることだけ)

ジャスティンと同じように、オズワルドもああいった一方的な好意に冷淡といってもいい態度を貫いた。なるほど、あそこまで思い詰められてしまうと、きっぱり告げないことで相手も不幸になるのだろう。

中途半端な優しさが、一番残酷だ。

そしてそれがわかるくらいには、彼らは『不要で重い好意』にさらされてきたのだろう。

（マーガレットさんが上手に気持ちに折り合いをつけられればいいですけど……でもそれはきっと、私達の管轄外なんだ……）

その場を退場しながら、セシルは痛みを堪えるように俯いた。彼女を慰めるためにいい人ぶっても、当の本人が彼女からの好意を拒絶している以上、どうしようもない。それ以降をフォローするほど、セシルは彼女と仲がいいわけでもない。

あとは、彼女自身がどうにかしなければいけないのだ。

それが彼女の試練。それが、彼女の人生だから。

もしもあの立場にいたのが自分だったらと考えてしまう。諦めるしかない、という現実とどうやって向き合うのか。その痛みとどうやって付き合っていくのか。

でもこれだけは言えると、セシルはオズワルドの腕の中でそっと目を伏せた。

たとえ彼にこっぴどく拒絶されたとしても、私は恐らく、世界を恨みでいっぱいにするほど病んだりはしない。世界を呪いたくなったり、誰かを殺したいほど憎んだとしても。それでも、きっと一線は越えない。

それが、白魔導士・セシル・ローズウッドの矜持《きょうじ》だから。

これから先、二人がどうするのかはわからないが、せめて彼女の心の内が穏やかになればいいと、祈るだけならただなので、セシルは心から祈った。

届いてほしいとそう願いながら。

★
☆
★

「辛うじて私は助かったということでしょうか……」

「え？」

屋敷に戻ると二人は駆け寄った執事と料理番頭に囲まれてしまった。青ざめた顔の二人にセシルは平謝りし、単独行動禁止を言い渡されていたが、最終的に彼女は頷いていなかったなとオズワルドは思い出す。そんなセシルを連れてリビングのソファに腰を下ろした直後、セシルがそう切り出したのだ。

「いえ……オズワルド様はああいった重すぎる、受け止めきれない好意に直面する機会が多かったんだろうなって思って……」

神妙な顔で告げるセシルに、オズワルドはどきりとした。

「……セシル」

もしかして俺の恋愛遍歴が気になっている!? ていうか……嫉妬している!?

あの……――セシルが!?

急に心拍数が上がり、どこかそわそわするような期待を込めて彼女を見れば、セシルは前を向いたままむうっと唇を尖らせていた。

「にじうにんの愛人全てがブリジッドさんやマーガレットさんみたいな美人さんだったんでしょうね」

思わずむせる。

当たらずとも遠からず、というところだが。ちょこんと隣に座るセシルの、膨らんだ頬を見下ろしながらオズワルドはこほんと咳払《せきばら》いをした。

「二十人は大げさだ。……だが……そうだな」

「私は対象外だったわけですし」

事実な上にそう彼女に告げた実績があるので反論しようもない。セシルはといえばむっつりと黙り込んでいる。過去の出来事に嫉妬してくれてるとしか思えない様子にニヤニヤしながら、ふとあの日、カーティス導師の屋敷から回収してきたものがあるのを思い出した。

「まあでもそれは昔の話で……いってみればお前に出会う前の話だ」

立ち上がり、リビングに据えられている本棚に歩み寄る。自分の書斎や図書室に置いておくのも違うだろうと、ここの棚に差し込んであった一冊の本。

「セシルにだって俺が知らない誰かとの思い出があるだろ？」

取り出し、ぽん、と彼女に手渡したのは、あの竜と騎士と姫の物語だ。

「これ……」

やや色あせた表紙には竜とお姫様と騎士が描かれている。金色で箔《はく》押しされたタイトルはくすんでいて、それをセシルが大事なものに触れるようにそっと指先で撫で、慎重に表紙を開く。日に焼けた紙の縁とは対照的に、中は真っ白だ。

「懐かしいですね～。どうしたんですか？　なんでこの本、持ってきたんです？」

微笑《ほほえ》んで顔を上げるセシルに、なんとなく……なんとなぁく嫌な感じがしながらも、余裕を見せるべくオズワルドが笑みを返す。

「カーティス導師からこれがお前にとって重要なアイテムだと聞いたら、必要かなと思って持ってきたんだよ」

「へぇ……師匠が」

ちょっと嬉しそうな彼女の様子に、更に面白くなくなる。そんなオズワルドに気付かず、セシルは少し上ずった声で続けた。

「小さい頃、私が精霊の森に何がいるのか知りたくて、一人で行こうとしたら師匠に止められたんです。まずは竜とは何か調べろーって言われて。でもまだ文字がうまく読めなくて。そうしたら」

どきり、とオズワルドの鼓動が跳ね上がる。期待を込めた眼差しでじっとセシルを見詰めると、顔を上げた彼女が屈託なく笑った。

「師匠が貸してみろって。文字を教えながら読んでくれたんですよ〜。あの師匠が！　まあ、私がしつこくしつこくしつこーく、『よんでよんでよんで！』ってつきまとったからなんですけどね〜」

「…………」

まあ、そうだ。そうなるだろう。彼女の『本来の記憶』ではそうなっているはずだ。

不意に無言になるオズワルドに気付いたのか、セシルが首を傾げる。その彼女の隣に再び腰を下ろし、オズワルドは強引にセシルを自分の膝に乗せた。

「ちょっと!?」

見上げる彼女の視線の先で、自分がどんな顔をしているのか……想像に難くない。恐らく、不満とがっかりと諦めと嫉妬を混ぜてシャッフルしたような顔をしているのだろう。それに、セシルが怪訝そうに眉を寄せた、

「…………大丈夫ですか、オズワルド様。腹痛ですか？」

「ち、が、う」

「あ、そういえば今日は治療してませんでしたね……大丈夫ですか？　本当に？　乗っ取られてませんか？」

「違うって言ってるだろ」

思わず頬を掴んでやろうとして気が変わる。真剣そのものの彼女の額に、口づけを一つ、落とす。そのままセシルを両腕の中に閉じ込めて、柔らかな髪に顎を埋めた。

「……あの？」

見上げようと身じろぎするセシルの額を顎で押さえて、動けなくする。諦めたようにセシルが溜息《ためいき》を吐《つ》く。腕の中に彼女が再び収まった際に、オズワルドが口を開いた。

「その本に関して持っているお前の記憶は……俺の知らないセシル・ローズウッドの一端だ。それはお前が言う、俺の昔の友好関係と一緒だ」

「……全然違いますよ。私のは心温まる師匠と弟子のハートフルストーリーですけど、オズワルド様のは愛憎乱れるゴシップ塗《まみ》れの爛《ただ》れた恋愛事情じゃないですか。どの辺がハートフルなんですか。教えてください」

「酷《ひど》い言われようだな！　ていうか、面白くないという点では同じだ」

むっつりと告げたその台詞に、セシルが目を瞬く。面白くない、とはどういうことか。その疑問が顔に出ていたのだろう。そっと拘束を緩めたオズワルドが見上げるセシルから視線を逸らしたままぽつりと漏らした。

「………………セシル」

「はい？」

「……………………………その本、読んでやろうか？」

明るいリビングの、用意された紅茶を前に告げられたその言葉にセシルは衝撃を受けた。

「オ、オズワルド様……」

対して、言ってから己の発言がいかに情けないかに気付いたオズワルドが思わず否定を口にしようとした瞬間。

「いえ、結構です」

「……………え」

見れば、完全にドン引きしたセシルの、憐《あわ》れむような琥珀色の瞳がそこに。

「もう自分で読めるんで。そういうプレイはちょっとお断りというか……ていうかかなり大丈夫じゃなさそうですね、申し訳ありません。今日は治療をするどころか、魔獣と相対したりと大変だったようですし、今からでも治療しましょう！」

しゅばっと膝から立ち上がったセシルが、大股で部屋を横切っていく。

「かなりやられてますから……まずは疲労回復と……あと少し認知が歪《ゆが》んでる感じがしますね。私の年齢をだいぶ下に見てるようですし……そうなると、まずは気を確かに持っていただくために鹿の角と、香辛料とを使って劇薬を」

「おい！　今不吉な単語が聞こえたぞ！　なんだ劇薬って！」

「だいじょぶだいじょぶ」

「何がだ！」

言いながら去っていくセシルの背中を見送り、オズワルドは残された一冊の本を取り上げて溜息を吐く。五歳児のセシルの光り輝く笑顔は確かにそこにあったのにな、となんとなく……なんとなぁく落胆するのであった。

★☆★

リコリスはふっと目を開けるとゆっくりとベッドから起き上がった。真っ白なシーツに真っ白な羽根布団、そして真っ白な枕と真っ白な壁。ドーム状になったその部屋を見渡し、ふうっと溜息を吐いた。せっかくいい夢を見て、これからわくわくするような展開が待っていたというのに、あっさりと打ち砕かれてしまった。

「でも、まあいいわ」

深く艶のある声でそっと呟き、額から零れ落ちる金色の前髪を掻き上げる。酷く長く、足首まで垂れた金糸のようなそれを引きずってベッドを降り、リコリスは一つだけ開いている丸窓に近寄った。

荒れ狂う灰色の海の、三角の白波がよく見える。曇天で、雨は降っていなかった。

見慣れたいつもの光景。

ふわあ、とあくびをし、最果てに封印されし欲望の魔女は眠そうに赤い瞳をこすると重い身体を引きずって、再びベッドに倒れ込む。目を閉じれば、彼女の意識は海を越え、とある洞窟へと向かっていく。黒曜石が地中から顔を出す、その洞窟で、リコリスは欠片《かけら》を集め始めた。

もう一度、やればいい。手足となる『リコ』はいくらでも作り出せる。ただ気になることがある。

細い糸のような光が差し込む場所で、黒曜石の煌《きら》めきを確かめていたリコリスは、ふと思い出し不思議そうに首を傾げた。

自分をばらばらにしたあの力は一体なんだったのだろうか、と。

## 9　想うはあなた一人

ジャスティンのムスコサンは元気に復活をし、マーガレット嬢はシェフィールドの南の領地で療養することになったと、そう笑顔で報告するザックはふと、思い出したようにつけ加えた。

「……そういやお前、幼女にしか反応しなくなったたってのは本当か？」

ぶはっと飲んでいたコーヒーを吹き出すオズワルドに、ザックが心の底から同情的な顔をする。

「まさか魔獣の邪気が性的指向にまで影響を及ぼすなんてなぁ……セシルが悩んでたぞ？　早くしないとオズワルド様が犯罪者になって投獄されるって」

「論理の飛躍が酷《ひど》い！　違う！　そうじゃないっ」

頭を抱えたくなるのを堪《こら》え、オズワルドは奥歯を食いしばったまま告げる。

「幼女に欲情なんてしない！　ていうか俺が欲情するのはセシル一人だ！」

噛《か》みつくように叫び、オズワルドは手元の報告書にサインをすると、苛立《いらだ》ちながら紙のファイルに挟んだ。

一連の事件の報告書だ。それをザックに差し出し、溜息《ためいき》を吐《つ》く。

「カーティス導師はまだ黒曜石の調査中か？」

「ああ。それとは別に白魔導士と鉱物博士、それから黒魔導士での調査隊を作って、近隣の山から調査を始めるらしい」

聖騎士隊にも正式に護衛の依頼が来ていて、現在第二隊が同行する手はずになっている。

「……何か出ると思うか？」

ファイルを受け取ったザックが肩を竦《すく》める。

「さあね」

言わないが、二人の間に何とも言えない不安が過《よぎ》る。あの黒曜石を繋《つな》いでいた『邪気に似た力』はセシルが触れた瞬間、ばらばらにほどけた。本人は元気いっぱいで、昏倒《こんとう》する気配はないが、それでもなんとなく嫌な感じがする。

「俺もさっさと呪いを解かないとな」

娼館《しょうかん》側のマダムだが、なんと後日、館に姿を現した。見張りをしていた騎士達《部下》が慌てて駆け寄れば、彼女はバカンスで海辺のホテルに滞在していたという。唐突に行きたくなって、店は遊技施設側のオーナーに任せてきたとそう言っていた。だが遊技場側のオーナーはそんなことを頼まれた覚えもなく、彼女がバカンスに出ていたなんて知らなかったと驚いていた。

「シェフィールド家に鳥を売った覚えもないというし……」

呟《つぶや》くザックにオズワルドの眉間に更に皺《しわ》が寄る。

「恐らく、あのリコとかいう従僕と繰り人形が仕組んだんだろうな」

「……どっちも崩れたからヒトではなかったんだろうが……」

だとしたら、あの「ヒトナラザルモノ」を操っていたのは何者なのか。

裏に誰かいるのか。魔獣に似たものを作り出し、ヒトの姿をしたものを広めようとする何者かが。

「考えても仕方ない。魔獣の出現が減ってきている今、次の任務はその魔獣モドキの件に移行するだろうな」

締めくくるように告げてオズワルドは立ち上がった。今日の仕事はこれで終わりだ。というか、まだ休暇は終わっていない。残務処理のために出てきただけなので、まだ日は高い。帰ってセシルを捕まえて、人の性癖に関して余計な心配をするなとくぎを刺さなくては。

上層部に報告書を持っていくザックと別れ、オズワルドは公爵家の馬車に乗り込む。

とりとめもなく考えるのは、今回の一件の裏にいるであろう人物のことだ。

人の欲望に興味があると言っていた。手っ取り早く娼館と遊技場をその舞台に選んだ相手は、よくわかっているとそう思う。だが、人の欲望とは「それ」ばかりではない。

（まあ、三大欲求と言えば睡眠欲、性欲、食欲なんだが……）

その一部はそういえば満たされていないなと苦く考える。だからといって、オカシナ女にいいようにされるほど腐ってもいない。

だがセシルはどうなのか。

なんとなく不服そうな彼女の様子を思い出し、帰り着いた屋敷でセシルを探す。まずはくぎを刺してそれからここ数日のあわただしさを払拭するべくいちゃいちゃしようと考えていた。

そして、全く想像していなかった事態に遭遇したのである。

ジャスティンはムスコサンが元気になったことで活力を取り戻し、セシルの両手を握って多大なる感謝を表明してくれた。お役に立てて何よりだと思ったが、その姿を見て思うところもあった。

襲われて（？）いるオズワルドを見て嫌だと思った。自分には無縁の感情だと思っていたが、実際目の当たりにすると嫉妬もするし嫌悪もする。それから誰かに取られたくないと切実に思ったのだ。

（贈り物の件も……本当は心のどこかで嫌だと思ってたんだな、私……）

全て過去のことだし、今は自分だけだとそう訴えられても、心の奥はもやもやする。だからといって過去の出来事をなかったことになどできやしない。

元からセシルは過去を引きずるタイプではない。引きずってもいいことなど一つもないからだ。自分が落ちこぼれだと認めるまでに随分と色々な感情と戦ってきた。その中で、過去を悔やんでも意味はないし、真っ白な未来に可能性を見出《みいだ》した方が建設的だと、そう考えるようになった。

そう。未来はいくらでも変えられるものだ。

その未来に目を向けた場合、過去オズワルドと付き合った女性に会うことはそうないだろうし、ブリジッドさんは単なる演技だと語っていた。未来に影響を及ぼすようなことは何もない。

ではこれからどうするのか。オズワルドが他の人に押し倒されるのは嫌なので、今できることをする……それを考えるのがセシル・ローズウッドという人間だ。

すると不意に問題の解決策が閃《ひらめ》き、セシルはそれに向かって邁進《まいしん》することにした。

解決策を実行する道具ならあった。

オズワルドを騙《だま》して連れていった精霊の森。そこでゲットした竜の鱗《うろこ》。それと、もう一つ。

竜の鱗を加工し、セシルはあるものを作り出した。そして、それを使って現状を打破することに成功したのである。

★☆★

セシルといちゃいちゃすることだけを考えて寝室のドアを開けたオズワルドは、そこが一変していることに衝撃を覚えた。

「え!?」

驚いて背後を振り返れば、扉の向こうは確かに自分が歩いてきた公爵家の廊下がある。だが、覗《のぞ》いた部屋の中は見慣れた寝室ではなかったのだ。

「なんだこれは……」

寝室は半分程度の広さになり、床は板張りになっている。ベッドは質素な木製で突き当たりには窓があった。

そう。そこは治療のために寝泊まりしていた、デルアルト領にある狩猟小屋の寝室だったのだ。

(どうして俺の寝室がこんな風に……？　いや、それよりもこんな意味不明なことをするのは……)

一人しかいない。

「セシル・ローズウッド」

ひくぅい声でつぶやくと、オズワルドは扉を閉めてぐるりと周囲を見渡した。どこかにあのちんまい恋人が、ニヤニヤしながら潜んでいるはずだ。

「どこにいる⁉　ていうか、何を企んでる⁉」

声を荒らげれば、不意に背後のドアが開く音がした。勢いよく振り返って、オズワルドは衝撃に息をのんだ。

「な⁉」

入ってきたのは、部屋着を着た自分自身だったからだ。軽くパニックになりながら、思わず後退《あとずさ》る。もう一人の自分は特にオズワルドに注意を払うこともなく、さっさとベッドに横になると、枕元にあった報告書を取り上げて目の前にかざし始めた。

（なんだ……これは⁉　幻覚⁉）

ありえる。

そもそもこの空間自体がおかしいのだ。ますます現状説明を求めるべく、オズワルドは周囲を見渡し、セシルの姿を探した。あちこち歩き回って幻の自分が寝ているベッドの下や、備えつけられている棚なんかを覗いてみるが、どこにもあの突拍子もない恋人の姿はない。口角を下げ、苛立《いらだ》たしげに周囲を見渡していると、やがて再び扉が開く音がした。

やっとお出ましかと振り返り、今度も驚愕《きょうがく》に目を見開く。

そこには夜着《ナイトドレス》を着たセシルが「治療に来ました」とやけにきっぱりと告げて入ってきたのだ。彼女は早足でベッドに寝ているオズワルドに近づくと、書類を置いて考え事をしていた彼の腰の辺りにまたがり、着ていたものをあっさり脱いでしまう。シュミーズ一枚になったセシルに、またがられた自分が仰天している。

その様子を眺めながら、オズワルドは開いた口が塞がらなかった。視線の先で二人は何やら言い合いをし、見詰める先の雰囲気が変わっていく。

――これからオズワルド様に行うのは……私ができる、最大限の治療法です。ただこれは……あの……両者の精神的負担が大きいので、申し訳ないのですが、オズワルド様には一服盛らせていただきました。


不意に彼女がそう言うのが聞こえ、オズワルドの身体《からだ》が強張《こわば》った。

まさか……まさかまさかまさか、これは……!?

握りしめた拳がかすかに震える。どんどん展開していく光景から目を離せない。そんなオズワルドの隣に誰かが立った。ぎょっとしてみれば、そこには普段と変わらぬ格好をしたセシルがすん、とした表情で立っていた。

「な……こ……おま……」

言葉にならない。その内容を悟ったセシルが肩を竦めた。

「これは私が作った仮想空間です」

「か、仮想空間!?」

「はい」

言って、セシルは自分が持っていたものをオズワルドに見せた。

七色に煌《きら》めく竜の鱗をはめ込んだ、金細工のランタン。だが中心に据えられているのは蝋燭《ろうそく》ではなく、蓋の開いた赤い小瓶だった。小瓶の下では小さな炎が燃え、瓶の口から蒸気のようなものが揺蕩《たゆた》っている。

「なんだそれは⁉」

奇怪な魔法道具は見慣れている。だが、こんなものは見たことがない。そう訴えるオズワルドにセシルは飄々《ひょうひょう》と答えた。

「仮想空間と言いましたが、これはオズワルド様の記憶の世界です」

「……きおく？」

「はい。オズワルド様がずーっと探していた失《な》くした記憶です」

「！」

慌てて振り返り、再びベッドの自分たちを見れば、仰天するようなことになっている。

いつの間にかセシルを押し倒し、キスを繰り返している自分の姿が……。

「普通、こういう形で思い出すもんじゃないだろう⁉」

必死に視線を引きはがし、柄にもなく赤くなりながらそう喚《わめ》けば、遠い目をしたセシルが「そうですね」と達観した声で答えた。

「普通はふわ〜っと『あれ？　そういえばこんなことがあったような？』という感じで思い出すんだと思います」

「じゃあなんでこんな羞恥プレイみたいになってるんだよ、ええ!?」

詰め寄り、セシルの肩を掴《つか》んで揺さぶる。それにセシルは達観しすぎた表情でうんうん頷《うなず》いている。

「どうせ思い出すんなら、それを利用して仮想空間を作るのもありかなーって」

「はあ!?」

意味がわからない、と額を押しつける勢いで顔を寄せるオズワルドに、セシルはそっと目を伏せた。

「オズワルド様とそういうことをするためには、別の次元を作らなくてはいけないと気付いたからです」

……………別の次元?

ひきっと口元を引き攣《つ》らせるオズワルドを他所《よそ》に、セシルは今や服を脱いでお互いに触れ合う自分達に視線をやった。

「ここはオズワルド様の記憶を具現化した世界で、現実世界から切り離された仮想空間です。だからほら、オズワルド様も私も例の呪いの証《あかし》がないんです」

そう言って、彼女は自らの服のボタンを外すと胸元をあらわにした。真っ白な彼女の肌が見え、思わず息をのむ。

「なので、この空間なら、私とオズワルド様はああいったことができるんです」

触れ合ってキスをし、何か甘いことを囁《ささや》いているオズワルドとセシルを指さし、胸を張るセシルにオズワルドは頭痛がした。

「だったら別に、俺一人が思い出せばいいだけの記憶をここで再現する必要はないだろうがッ」

「それは無理です。仮想空間を作るためには、その『素』が必要です。例えば夢で見た空間とか……記憶の中の場所とか……本や絵画で見た景色とか」

それらと関連した物体をランタンの中に設置して、燃やしたり照らしたりすることで作り上げることができるのだという。

「だったらなんで俺の失われし記憶を『素』にしたんだよ!?」

「いや、一石二鳥かな～って」

「なんでだよ！」

「まあでも、これは赤い小瓶の薬がオズワルド様に作用し、オズワルド様がその記憶を無意識のうちに思い出し、それがランタンに投影されて映し出されているものなので……オズワルド様が思い出すのをやめれば消える幻ですよ」

赤い薬自体には幻を作り出す『素』の役割は果たさない。あくまでそれを吸い込んだオズワルドが無意識のうちに思い出している記憶が媒介なのだとそう言うのだ。

『素』はオズワルドそのものだと、いい笑顔で告げるセシルに、とうとうオズワルドは頭を抱えてしゃがみ込む。だが、それくらいで二人の『初夜』は止まらない。やがてかすれた甘い声が響き出し、しゅばっと立ち上がったオズワルドがセシルの手首をがっしりと掴んだ。

「つまりここは俺の記憶の世界で、ここでならお前を抱いても何も起きないっていうんだな？」

「そのつもりで作りましたので」

「何故《なぜ》？」

白い脚がちらちらと自らの視界の端で揺れるが、構わずオズワルドは自らの視界いっぱいにセシルを映す。視線の先で、彼女がうろっと視線を泳がせる。それが自分に合うまで待って、観念した彼女が上げた琥珀《こはく》色を覗き込む。

「君は、俺が治るまで待てるんだと思ってたんだが」

そっと尋ねると、セシルが引き結んだ唇の端を引き下げた。

「私もそう思ってました。でも……ここ数週間のごたごたを鑑みて、オズワルド様の股間が爆発したら困るなって」

「おいこら」

再びこめかみを引き攣らせる。

「それに……そういうことを……別の人としてほしくないなって初めて思ったといいますか……」

視線の先でセシルの頬がほんのりと赤くなる。つまりはそういうことだと、オズワルドは結論づけた。

ほんの少しの間でも、忘れてほしくない、自分とのことを覚えていてほしい。それならばと、オズワルドの記憶を復活させる手段を取ったのだろう。

両手を握り合わせてもじもじするセシルの様子に、身体の奥から激しい欲求が突き上げてきて、オズワルドは手を伸ばすと彼女を引き寄せ、きつくきつく抱きしめた。背中をゆっくりと撫《な》で上げれば、セシルが身体を強張らせるのがわかった。のけ反る白い首と、漏れる甘い声。彼女の耳元に唇を押しつけ吸い上げながら、オズワルドは彼女の膝裏に手を回すとひょいと抱き上げた。

ベッドに向かおうとして、そこで繰り広げられる『初夜』が目に飛び込んでくる。

思い出したいと、ずっと考えていた光景。それをまさか第三者目線で見ることになるとは。

「……どうでもいいが、この記憶は後から普通に思い出せるのか？」

思わずそう尋ねると、抱き上げられたセシルが首をひねってベッドの上を見つめ、数度瞬《まばた》きをする。

「……無理かもしれないですね」

「俺の初夜の記憶はこれになるのか!?　この、第三者目線のものに!?」

思わず声を荒らげれば、セシルがにっこりと微笑《ほほえ》んだ。

「心配しなくても私はちゃんと覚えているので」

そうじゃない、というツッコミを飲み込み、オズワルドは腹の底から息を吐いて、もろもろの感情をひとまず吐き出す。それからベッドの上で繰り広げられている甘く切ない様子を目を閉じて追い出した。

次に目を開けた時、そこには誰もいない、ただのベッドが置かれていた。なるほど、本当に自分の記憶が連動しているようだ。

「俺が意識するだけで色々できるのか？」

そっとベッドにセシルを下ろし、上に伸しかかりながら言えば、彼女は眉間に皺を寄せた。

「わかりません。とりあえず試作品なので」

「現実世界ではないとわかったが……ん？　現実世界の俺達はどうなってる？」

手早く服を脱ぎ、セシルの禁欲的なブラウスのボタンに指を滑らせる。一つ一つ外し、その合間に首筋や鎖骨、頬などにキスを落としていく。するっとブラウスを脱いであらわになった両腕でオズワルドの首筋に抱き着いたセシルが、耳元で囁く。

「多分、寝室のベッドで寝てると思います。運んでもらったので」

「運んだ⁉」

思わず身体を放せば、頬に朱色を佩《は》いたセシルがうるんだ琥珀色の瞳にオズワルドを映しているのが見える。

「安心してください、私じゃないです。ベッドに乗せたのはコールトンさんですから」

そういうことじゃないし、想像もしたくない。

魔獣にやられた時も何とか自力で歩いたというのに、部屋に入った途端セシルのオカシナ器具によって卒倒し、且つ、そのセシルに見守られたうえでコールトンに抱えられてベッドに寝かせられるとは。

セシルの首筋に顔を埋め、低く獰猛《どうもう》な声を上げる。自らの危機に気付いていないセシルがのんきにオズワルドの背中を叩《たた》いた。

「大丈夫ですよ、爆笑してたのはブリジッドさんだけですから」

その瞬間、オズワルドの何かが切れた。そりゃあもう、派手なぶち切れだ。というか、セシルを助けに行ってからこっち、いいところが一つもない。オズワルドだって健全な男性なのだ。意中の人に『素敵だな』とか『かっこいいな』とか思ってもらいたいというのが本音なのだ。

「……セシル」

ならば今ここで挽回《ばんかい》しようと、オズワルドはとてもいい笑顔でセシルをシーツに縫い留める。ふわりと枕に広がる栗《くり》色の髪に指を潜《くぐ》らせ、一房持ち上げると自らの唇に押し当てた。琥珀色の瞳がぱちくりと瞬く。それをしっかりと瞳の中におさめながら、オズワルドは空いている手の甲でそっと彼女の頬を撫でた。

「さっき言った言葉、ちゃあんと覚えてるよな？」

そう言って、返事も待たずに思いっ切り、彼女に口づけた。

（さっき言った言葉……）

口の中を縦横無尽に攫《さら》い、どうも逃げ腰な舌を執拗《しつよう》に追うオズワルドの深いキス。それに翻弄されながら、セシルは必死に思い出そうとする。さっき言った言葉。さっきいったことば……さっき……。ちゅうっと音を立てて唇を吸い上げられ、短い吐息が濡《ぬ》れた唇から漏れる。視線を上げ、あの日と同じ、雷雨の中ベッドに倒れ込んでいるセシルは、意地悪く笑うオズワルドを見て閉口した。

さっき言った言葉。それは恐らく、自分も「そういうこと」がしたくないわけじゃない、という曖昧な宣言のことだろう。

早まったかな、となんとなく間の悪い顔をすれば、彼は恐ろしいほどにこやかな笑顔で、セシルの頬に口づけた。

「どうやら思い当たったようだな」

唇を触れ合わせたまましゃべるから、肌を通して彼の声が身体中に響く。ぞくぞくするような甘いしびれが背筋を這《は》い、セシルははだけた彼のシャツを引っ張った。

オズワルドの手が、セシルの身体を辿《たど》りながら、着ている服を脱がせていく。代わりに、セシルも彼のシャツを脱がせ、ズボンのベルトに手をかけた。

その手にそっと、彼が触れた。

「再度確認だが……本当に身体を交えても昏倒したりしないな?」

怖いくらいに真剣に言われ、セシルはじっと彼を見詰める。それから一つ、強く頷いてみせた。

「大丈夫です」

竜の鱗は絶対だ。あの力を借りれば、不可能が可能になる。現実世界と隔たれたものを作り上げたいと願い、それを可能にするのに十分だ。だから絶対の自信を持って言える。

「この世界で起きたことは、現実世界とは異なります」

「……それはそれでなんか嫌だが……」

また忘れるのか、と複雑そうな顔で黙り込むオズワルドに、セシルは眉を下げた。

「まあ……忘れるか覚えているかは、やってみないとわからないということで」

「相変わらずだな」

半分身を起こし、彼はシャツを脱ぎ捨てると長めの前髪を掻《か》き上げる。丸い灯火の下、彼の輪郭が明かりを受けてきらきらと輝くようで、セシルはその様子に目を奪われた。それからふと気付く。

過去に三度、彼と身体を重ねた。そのどれもが必死さと義務感と、わけのわからない切なさが滲《にじ》んでいた。でも今この瞬間は全く違う。

あの時と、百八十度違う。

そう思った瞬間、電撃にも似たしびれが背筋を走り、頭の奥が疼《うず》くのと同時に腰の奥に甘い痛みが走った。思わず身をよじると、それを全て視界に納めていたであろうオズワルドがかすかに目を見張った。

「セシル?」

「い、いえ! にゃんでもないです」

思わず噛んだ。それくらいには、今更ながら、動揺している。

ここ数日ずっと感じていたこと。住む世界が違っていて……あんなにたくさんの『好意』を受け取っていて……そして恐らく大勢の美人さんの中に自分がいても、きっと彼は選んでくれないだろうという諦観。でももう、諦めることもできないのだと、マダムに伸しかかられている彼を見て思ったのだ。

だったら、自分なりに彼を諦めないようにしなければいけない。どうにかして繋ぎ止めなくてはいけない。治療はもちろん手は抜かないが、その他にもできることがあるはずなのだ。そうして勢い込んで、まずは欲求不満を解消しようとこんなことになっているが……。

むしろ、この状況自体が、セシルにとって奇跡なのではないかと、そう思ったのだ。

「どうした?」

怪訝そうに顔を寄せ、乾いて熱い指先が頬を撫でる。

「ひゃ」

思わず声が出た。それからぶるぶると身体が震えるのがわかる。心臓が爆速で高鳴り、熱いんだか寒いんだかわからない。それでも、見上げる先に、心の底から心配しているオズワルドの端正な顔が映り、耳まで真っ赤になるのがわかった。瞬間、彼女は思いっ切り顔をそむけると、ふかふかの枕に頬を埋める。

「セシル⁉」

突然視線を逸らされた彼が声を上げるが。

「な、なな、なんでもないです」

ひっくり返った声で答えるのが精一杯だ。慌てて両手で胸の辺りを覆い、更に縮こまるべく両膝をお腹《なか》の方に引き上げる。そうやって、シーツの上で綺麗な繭《まゆ》になる彼女の様子に、どうやらオズワルドは思うところがあったらしい。ゆっくりと身体を倒し、セシルを包み込むように両手をシーツにつくと、そっと耳元に唇を押し当てた。

「あん」

びくり、と震えた彼女から甘い声が漏れる。慌てて唇を噛むも、続くオズワルドの甘い囁きという口撃になすすべもない。

「もしかして……俺のこと意識してくれてる？」

耳から吹き込まれる低音に身体の奥が甘くしびれる。んぅ、と堪《こら》えた声が漏れ、デコルテまで赤くなるセシルはくすくす笑うオズワルドの吐息に、眩暈《めまい》がした。

「そうか……」

違います、と反射的に言おうとして、違わないことに気付く。

そう。セシルは今更ながらオズワルドのことを意識してしまっているのだ。過去三回は極限状態だった。それからの今、この瞬間は何の制約もない。だからこそ。

「可愛《かわい》い」

甘く告げられるその言葉に、心の奥底がぎゅうっと痛んでしびれたようになるのだ。

「セシル」

彼女の反応が新鮮で嬉《うれ》しいと、隠すことなく全身で表現するオズワルドが、弾んだ声でセシルの耳を犯していく。

「普段、口さがないのに今日は大人しいな。そんなに触れられるのが好き?」

言いながら、オズワルドが丸まった彼女のあちこちに触れていく。ゆっくりと手首を掴んで引きはがし、開かれていく彼女の身体を包み込む。柔らかく真っ白な胸に指を這わせ、先端をつまんだり掌《てのひら》で押しつぶしたりすれば、やわやわと揉《も》まれたせいで、消えない熱が徐々に身体の奥に溜《た》まっていく。熱い舌が耳殻をなぞり、低い声が終始セシルを攻め立てる。

「過去に君を抱いた時は……物凄《ものすご》く切羽詰まってたもんな」

「た、確かにそうです……けど!」

こんな風にしつこく触られるとそれはそれで……我慢が利かなくなる。柔らかな胸を堪能し、細い腰と薄いお腹を辿る。やがて、熱い掌が秘所を覆い、セシルはますます縮こまろうとする。だが、彼が太ももを押し開く方が先だった。

「あ」

「痛かったら言って。たとえ夢の中のようなものでも……痛いことはしたくない」

きっぱりと告げ、オズワルドが優しくセシルの花芽を撫でる。衝撃が腰から脳天に走り、セシルの背がしなった。短い吐息と嬌声《きょうせい》が漏れる。秘裂をなぞり、溢《あふ》れ出す蜜壺《みつつぼ》に指先を忍ばせるオズワルドの手首に思わず触れるが、彼は耳元でかすかに笑うと、そっと身体を持ち上げてセシルの唇に噛みついた。

「んぅう」

鼻にかかった甘い声が漏れる。それに気をよくしたのか、オズワルドがゆっくりと舌を絡め、手の動きと同じように律動を刻むから。

きゅっと瞑《つぶ》ったセシルの瞼《まぶた》の裏に、じわりじわりと光が差し、蜜壺を掻き回す指が増え、花芽を更に刺激されてそれが爆発した。

「んんんっ」

嬌声は、合わせた彼の唇を震わせるだけで周囲に響かない。そのセシルの荒い吐息の全てを受け止めながら、オズワルドはしっとり濡れたそこからゆっくりと手を引いた。切なく膣内《なか》が疼き、セシルがゆっくりと瞼を開く。

見下ろす、切羽詰まって余裕のないオズワルドの表情がセシルの心臓を貫いた。身体の奥にある、オズワルドしか埋めることのできない空洞が切なく痛む。

「あ……」

懇願するような声が漏れた。それに、オズワルドが炯々《けいけい》と輝く金緑の瞳をそっと伏せ、自身の汗に濡れた髪を掻き上げる。見上げるセシルは、自分しか見ることの叶《かな》わないその堂々として色っぽく、黒豹《くろひょう》だといわれる風体に全身から力が抜ける気がした。

「ど……」

「ど？」

「どうして……」

「……ん？」

怪訝そうに顔をしかめるオズワルドを見上げたまま、セシルは思ったことを素直に告げた。

「どうしてそんなにかっこいいんですか……」

その台詞《せりふ》は、二人の間を一瞬だけ凍りつかせ。それから我に返ったセシルが慌てて言い訳をするより先に、素早く彼女の両足を持ち上げたオズワルドが、彼女の切なく疼く隘路を貫いた。

「ひゃあん」

びくん、と身体を震えさせせて背をのけ反らせる。その彼女の脚と腰を抱きしめたまま、オズワルドが一番深い場所からゆるゆると自らの楔《くさび》を引き抜き、再び鋭く貫いた。

「ひゃっ」

オクターブ高い声が漏れ、それに煽《あお》られるように激しい律動が始まる。彼の楔が熱く、セシルは内側から身体が溶けていくような気がした。徐々に高まる熱が、自分のものなのか、オズワルドのものに足を絡め穿たれる楔を奥まで受け入れる。

境界線が曖昧になる気がした。この熱すぎる体温は誰のものなのか。それを確かめるように彼の身体

貫かれ、追い立てられ、身体のそこかしこがオズワルドの感触と熱でいっぱいで、セシルは互いの

ほんの少し、膨らんだセシルの頬。それに気付いたのかオズワルドがキスをする。

「たくさんの好意に……目移りしないでくださいね……」

きゅっと自分の手を握るオズワルドの手を握り返す。

「だから……オズワルド様……」

正直に応えよう。

「ええ……私もです」

その言葉に嘘も偽りもない。純粋に漏れ出たものだ。それならば。

オズワルドを映し、セシルは何故か確信した。

零れ落ちるオズワルドの呟きが、セシルめがけて降ってくる。涙にかすんだ視界に、切羽詰まった

「こうやって……何もかも全部さらけ出して……俺のものにしたいのは、セシルだけだ」

空を掻く手を不意にオズワルドが掴んだ。そのまま細い指に噛みつく。

自分のものとは思えないそれが、更にオズワルドを煽るのだと、わかっていても止められない。

溜まり、じわじわと心も身体も溶かしていくのだ。もどかしさをやり過ごすように声を上げ、まるで

なのかわからなくなる。それでも、固く熱いものが内側を穿《うが》ったびに、甘やかなしびれが身体の奥に

「セシル……」

君以外いらない。

そんな言葉が、身体の奥に響いた気がする。高まる快感が爆発し、セシルは真っ白な中に放り出された。

艶めいた悲鳴を上げながらそれでもしっかりと彼の身体にしがみつく。鈍く、熱いものが内側を満たすのを感じながら、震える彼の身体にそっと頬を寄せ、同じく速い鼓動に耳を傾けながら、幸せそうに呟いた。

――私もオズワルド様以外いらないです。

エピローグ

「夢の中だからってやりすぎなんですよ」

現実世界で目が覚めて、何か不都合があるかと自分の身体《からだ》とオズワルドの身体を確認したセシルは、高熱を出して寝込んでいる彼を発見し、速やかに解熱剤を用意した。

「うるさい……」

後遺症は発熱、とさらさら手帳に書くセシルは、うるんだ眼差《まなざ》しでこちらを見詰める、情けない様子のオズワルドに溜息《ためいき》を吐《つ》いた。

「いくら昏倒《こんとう》しないからって、三回もやる人がありますか」

「仕方ないだろ⁉　治らなきゃできないんだと思ってたところに……」

大丈夫な方法が見つかったのだ。今までの分も取り返そうとするのは当然のことだろう。

それに、オズワルドにしてみれば「たったの」三回だ。本当はもっとしたかったのだが、猛烈な眠気に襲われ、気付けば発熱していたという次第である。

「今後、これを使う時は注意しなくてはいけませんね」

「え？」

心底嫌そうな「え？」が返ってきて、当然です、とセシルが腰に手を当ててベッドとお友達のオズワルドを見下ろした。

「私はオズワルド様の邪気による頭痛胃痛胸焼け不快感動悸《どうき》息切れの治療をしてる身ですよ？　快楽のために発熱を誘発するなんて……白魔導士として失格です」

ぱたん、と手帳を閉じ、ぐっと拳を握りしめるセシルに、オズワルドは大いに焦った。

「いやいやいやいや、待て待て待て、お前、今まで治療と称して色んな薬を俺で試して、その際の頻尿だの腹痛だのげろ甘、激苦、意識喪失、記憶喪失、ありとあらゆる不快感を誘発しておいて、それはないんじゃないか⁉」

そのもっともすぎる発言に、しかしセシルは慈愛に満ちた笑顔を見せた。

「でも治ったデショ？」

「そうだけど！　いや待て……待て待て、セシル。わかった。それを使わないと、俺の股間が爆発する。もげる。それはダメだろ？　跡継ぎの問題もあるし」

どや、と必死に告げるオズワルドに、ふむ、とセシルが唇を尖《とが》らせて考え込み、ぽん、と掌《てのひら》に拳を打ちつけた。

「じゃあ、二か月に一回にしましょう」

「なんでそうなる⁉」

「ジャスティンさんがそれくらい我慢できたのですから、オズワルド様だってそれくらい大丈夫でしょう」

「いやいやいやいや待て待て待て待て、セシルさん。そんな便利なものがあるのなら使いましょう。大丈夫、これくらいの発熱なんでもないから」

「じゃ、そゆことで」

「ちょっと待て！　二か月!?　二か月もできないのか!?　ジャスティンの馬鹿がどうなろうとしったこっちゃないが、俺には温情くらいあってもいいのでは!?」

ベッドから起き上がるも、くらくらと視界が回る。その彼の元に歩み寄り、こつん、と額を合わせながらセシルはにっこりと笑ってみせた。

「この熱の状態が長引くようなら、三か月か、六か月か、判定し直しですね」

「冗談じゃないぞ、セシル・ローズウッドおおおお！」

そんな悲鳴がのどかな屋敷に響き渡り、いそいそと解熱剤を用意するセシルは胸の内でほんの少しだけ考える。

もしかしたら、私の方が二か月待てないかもしれないな、と。

だが、そのことは絶対に、死んでもオズワルドには言わないと固く誓うのであった。

金緑の欲望

MELISSA

セシルは走っていた。

半年前のあの日と同じコースを、同じような速度で。

ただ唯一違う点があるとすれば、それはオズワルドが追ってこないと確信していることだ。何故《なぜ》なら彼は、自分が巻き起こした騒動の責任を取らされているはずだから。

それが起きたのはつい先ほど……王城で開かれた、春を司《つかさど》る女神・メイファールの祭りの中での一幕だ。

仮装をして踊る人々の中、メイファールの夫で妖精王の仮装をした国王陛下に、すっかり解毒・解呪の済んだオズワルドは先の魔獣討伐戦の褒賞として白魔導士・セシルと結婚させて欲しいと申し出た。

周囲は水を打ったように静かになり、陛下が喜んで承諾し、二人が下がった瞬間、舞踏室《ボールルーム》は上を下への大騒ぎとなった。第一聖騎士隊隊長で、フレイア公爵で、申し分のないイケメンで、この場にいる未婚の令嬢とその母、未亡人から「是非に！」と望まれる男性が選んだ婚約者は誰だ!?　と犯人(?)探しが起きたのも……当然の結果だった。

そして、聡明な白魔導士、セシル・ローズウッドは国王陛下から祝福を頂いたあと、心を決めた。

爆発しそうな緊張感の中、陛下を前に最敬礼をして、しん、と静まり返った舞踏室をゆうゆうと横切り、「ちょっと失礼」と笑顔でオズワルドをその場に残し、悲鳴のような怒号が起きる直前にドアから出ると、脱兎《だっと》の如く走り出たのである。

ぽかんとするオズワルドを残して。

あっという間に群衆に取り巻かれるオズワルドをセシルは振り返らなかった。

（あの時も無我夢中で走ったっけ……）

オズワルドに薬をぶちまけたあの日も今日と同じように白魔導士の正装をしていた。

だが今回はオズワルドの『地縫い』なんて地味～な魔法を喰らうことなく、無事に逃げおおせるはずだ。公爵家の馬車の位置も把握しているし。

というか。

（なんだってあのヒトは勝手な真似《まね》をするんでしょうか～！）

王城の広い中庭を駆け抜けながら、セシルは心の中で頭を抱える。

一言……本当に一言言っておいてくれればよかったのだ。今日お前との婚約を願い出ると。なのに「ああそういえば」みたいについでな感じで陛下の前に跪《ひざまず》き、「褒賞の件ですが」と切り出すとは。

（ああああああもう、絶対に明日の新聞に『イケメン公爵、ついに結婚！　何の呪いか、捕まえたのはちんちくりん女!?』みたいに書きたてられるんですよ、セシルさん、知ってるッ！）

とにかく連中の好機の目から逃れる必要がある。

今後、オズワルドと結婚した場合、公爵夫人として人前に立つ日は必ず来る。が、それは今ではないし、その際はきっと膨大な立ち居振る舞いのレッスンの後だろう。

その件に関してはそれとなくブリジッドやコールトンからほのめかされているし。

（なのに！）

セシルの準備もまだなのに、あの男はどうしてこんな真似を!?

ぎりぎりぎりぎりと奥歯を噛《か》み締め、苦虫を噛みつぶしたような顔で、とにかくセシルは公爵家の馬車を目指した。

途端に、びしいっと足が縫い留められてセシルは「またか！」と内心喚《わめ》いた。これは全くの想定外だ。どう考えてもこの『地縫い』を発動させたのはオズワルドではない。彼は恐らくまだ城内にとどまっているだろう。では一体誰なのか。これは騎士が使う魔法なので騎士であることは間違いないのだが……こんな風に捕縛されるいわれはない。

「あの！　一体どなたが存じ上げませんが、こんな真似をしても何のメリットもありませんよ!?」

「メリットならある！」

途端、間髪入れずに大真面目《おおまじめ》な答えが返ってきて、驚いたセシルはどうにか首だけで振り返った。

濃い赤に銀色の縁飾りがついた近衛騎士の隊服を着た人物が靴音高くこちらに近づいてくるのが見えた。栗色《くりいろ》の髪をきっちりとまとめ上げ、猫のように吊《つ》り上がった瞳を持つ女性騎士だ。

なかなかの美人だな……などとぼんやり考えていると、彼女はぎゅっと赤い唇を引き結んでセシルの前に立った。

「どうやってクリーヴァ隊長を篭絡《ろうらく》した!?　身体《からだ》か!?　それとも金か!?」

「…………へ？」

思わず目が点になる。それからじわじわとセシルは事態を理解した。なんと、この女性騎士はオズワルドの婚約情報を聞きつけ、あの一瞬でセシルを追おうと判断し、ここまで来たらしい。

（なんという情熱！）

思わず感心するセシルをよそに、女性騎士は「お前は白魔導士だったな」と呻《うめ》くような声で告げた。

「なら怪しげな魔術を使ったのか！　魅了のような！」

「いえ、そんなものが使えるくらいなら、私ももうちょっと立派な白魔導士になれたんですけど……」

自分の魔力では到底無理だ、とそんなことを考えて遠い目をしていると、女性騎士は何を思ったのか更に怒りの噴煙を上げる。

「たわけたことを抜かすな！　どうせ何か怪しげな道具や薬を使って隊長を誘惑したんだろう!?　ならば、お前の力を祓えば……呪詛《じゅそ》元がなくなれば……隊長は元に戻る！」

「いや、確かにその理論は正しいですけど、そもそも私は白魔導士で相手を呪うような真似は」

「くらえっ！」

何が何だかわからぬままに、セシルの目の前に銀色の粉が振りまかれる。慌てて身を引くも、足が動かないから距離的には気持ち程度なものになる。だがそれでもやらないよりはましだ。

一体何が振り撒《ま》かれたのかと、必死に呼吸を止めるがそれも限界で、セシルはほんの少し吸い込んでしまう。途端、がっくりと膝《ひざ》が折れ、その場に頽《くずお》れてしまった。

強力な痺《しび》れ薬のようなものを撒くなんて、と信じられない思いで騎士を見上げれば、彼女が酷《ひど》く青ざめた顔でこちらを見下ろしていることに気付いた。

後悔と決意と……自らの正義の間で揺れ動いているような表情。

（……そんな顔をするくらいならやらなければいいのに……）

これくらいの痺れ薬なら、普段のセシルであればほんのちょっと怠《だる》くなって三十分もすればすっかり元通りになる。だが今は、王城に行くということで身支度に細かな注文がついててんやわんやだった上に、緊張して食事も喉を通らず、体調が万全ではない。故に、薬の効きが回復よりも速く、五分くらいすべての意識を切って寝ればいいのだろうが、こちらを注視する存在がいる今はできれば遠慮したい。

(それに……彼女が一体どんな思いを抱えてこんなことをしているのか知らなくちゃ)

自分に速攻で攻撃してきた理由が何かあるはずだ。

セシルは意識を切り替え、じっと彼女を『見た』。すると彼女からふわりと溢《あふ》れ出たのは明るい黄色だった。優しくて……何というか、春の菜の花のような柔らかな色。

とてもじゃないがオズワルドへの思慕からこのような行動に出る色には見えなかった。淡くかすかに揺れるそれは、どこか大切なものを愛《め》でるような優しさが滲《にじ》んでいて……。

「……もしかしてあなた、別の誰かのためにこうしてます?」

薬の効力か、視界が揺れる。それでも彼女を見上げて尋ねれば、びくりと騎士の身体が強張《こわば》った。

「な……何を……!?」

明らかに動揺している。その様子を回る視界になんとか捕らえ、セシルはきっぱりと言いきった。

「もしかして……あなたの大事な人がオズワルド様に懸想していて、あなたはその方を応援していた。でも今日、その方の思いは破れてしまった」

ほぼ当てずっぽうだが、どうやらクリーンヒットしたようだ。顔色の悪くなる女性騎士を見詰めながら、自分の奇跡的な洞察力に小躍りしたくなっていると、我慢できなくなったのか、彼女がうずくまるセシルの元に靴音高く近寄った。

「あの方は……ずっとずっとクリーヴァ隊長を思っていたんだ！　それをお前のような小娘が」

「思っていただけでは何も変わりませんよ。何か行動を起こされたのですか、その方は。あなたのように」

ぴしゃりと告げると女性騎士は言葉に詰まる。それからふるっと首を振った。

「あの方は……そう簡単に思慕を表に出していい方ではない」

（――――なるほど……）

それでぴんときた。この女性騎士が崇拝しているのは恐らく――――……。

「おやめなさい、イノセント」

不意にその場に可憐な声が響き渡る。

「姫様……」

イノセント、と呼ばれた女性騎士が狼狽《ろうばい》した声を上げ、セシルの隣に跪く。

この国で姫と呼ばれる存在は、国王陛下の一人娘しかいない。その王女様の登場にセシルは急いでその場に額《ぬか》づきぎゅっと目を閉じた。自分の内側から魔力が湧き上がる様子をイメージする。

突然の高貴な方の登場に、これ以上無様な姿を晒《さら》さないよう簡易の瞑想で回復を図る。それを行いながらも、彼女の耳は王女の鈴の音のような声に集中した。

「ミス・ローズウッド。フレイア公爵との婚約、おめでとう」

「あ……ありがとうございます」

顔を上げるわけにいかずそのままの姿勢で答えれば、ふっと王女の纏う空気が柔らかくなる気がした。そうっと目を開け、セシルはぎこちなく身体を起こす。数歩離れた位置に、ぼんやりとした庭の灯《あか》りに照らされ、まるで妖精のような女性が悲し気にこちらを見下ろしているのが見えた。

身に纏《まと》う色は……鮮やかな青と白と金色。それが何で見た配色なのかセシルは一瞬気付かなかった。彼女自身があまり目にしない隊服の配色だったからだ。

(この色……聖騎士隊の……)

「わたくしの側近が起こした行動をお詫びいたしますわ、ミス・ローズウッド」

静かな声が囁《ささや》くように告げ、セシルは思わず目を見張る。こんなにあっさり謝られるとは思っていなかったのだ。

「いえ……こちらこそ……」

何とも言えない微妙な返答をすると、王女はすっと背筋を伸ばしちらりと視線を女性騎士に向けた。

「彼女のことは……わたくしの責任です」

「いいえ！　全ては処分覚悟の上の私の勝手な行動です」

ぐっと胸を張る女性騎士に王女はふるふると首を振った。

「もういいのです、イノセント。悪いのはわたくしです。わたくしがすべて……この思いと起きた過ちをオズワルド様にお話ししますわ」

その言葉に、はっとしたセシルが慌てて声を上げた。

「いい覚悟ですが、それは駄目です！」

唐突なセシルの叫びに、二人がかすかに目を見張る。その様子を見詰めながら、セシルは更に続けた。

「自分達の婚約発表が高貴な方を傷つけたと知ったら……まあ、オズワルド様自身はどうとも思わない可能性が高いですが、恐らく……『私』を気にするかと。ですので、お二人はこの場の一番の被害者である私の願いを聞き入れて、そのまま立ち去ってください」

セシル自身、王女がオズワルドへの恋に破れたところで、申し訳ないが特に思う所もない。だがオズワルドはセシルがそんな繊細ではないとわかっていても……多分、気にする。王女とはなんでもなかったと死力を尽くして説明する。だが……それは無用な気遣いだ。

そんなセシルの提案に、王女と騎士は虚を突かれたようだ。

この過《あやま》ちをなかったことにしていいのかと、二人のうちに葛藤《かっとう》が広がるのが手に取るようにわかる。

だがセシルとしてはこのような思慕が……無数にあるうちの一つかもしれない思いが……オズワルドに伝わるのが何となく許せそうになかったのだ。

「私のことはお気になさらず。オズワルド様が来る前にお戻りを」

「だが、あなたの身体に回る毒は」

うろたえたように告げる女性騎士に、セシルは衝撃を受けた。

「これ毒だったんですか⁉　痺れ薬じゃなく⁉」

「身体が痺れる毒なんだ……致死量ではないが、黒魔術を使う者相手には、身体に溜《た》まる闇の魔力を祓う効果がある」

「……なるほど……それでオズワルド様を操っていたと思しき私の闇を祓おうと……」

顔を赤らめるイノセントにひらひらと手を振り、セシルはその場にうずくまった。

「とにかく……私は腹痛でのたうち回ってることにしますから……お二人はどうぞ行ってください」

「……ありがとう、ミス・ローズウッド」

王女の凛《りん》とした声が響き、そのまま軽い靴音と衣擦《きぬず》れの音を立てて二人が去っていく。二人の気配が消えると、セシルは伏せっていた中庭の小道の上にむくりと起き上がった。すでに『地縫い』は解けているが、ここから立ち去れそうにない。這《は》うようにして中央にあるベンチに向かい、ぐったりと横になった。開けた視界には、きらきらと瞬く春の星が見え、セシルは群がる人をかき分けてやってくるであろうオズワルドに思いを馳《は》せた。

(婚約発表からたったの十分で……)

王女の心を砕き、心酔する人に毒を盛られた。ここまでオズワルドの人気が高いとなると今後似たような嫌がらせが起きる可能性はゼロではない。

(まあでも……私には毒殺は効かないから……)

彼の婚約者としては良かったのかもしれない。……だがそれよりも、もっと美人で家柄も良く誰もが納得するような深窓のご令嬢なら、毒殺なんかされることもないだろう。多分。

(うーん……でも人の欲望は無限大だしな……)

彼女の脳裏に、彼らの持つ強い欲望がまじり合って黒くなる様子が浮かんでくる。それを見たいと首を傾《かし》げてみせるリコの姿も。

(そういえば……他人の欲望ばかり見てきましたけど……)

自分は一体、どんな色が出ているのか。もしも、オズワルドが別の人と婚約すると発表した時に、セシルはどう思うのか。王女が青ざめて倒れそうになったのと同じように自分も倒れそうになるのか……。

嫌だ、とは思うのだろうな、とぼんやり考えながらセシルは意識を切り替え、持ち上げた自分の手を見てみた。

そこに溢れていたのは、きらきらとした夏の木漏《こも》れ日のような緑の混じる金色の光で。

(ほえ……?)

なんでこんな綺麗《きれい》な色が見えるのか。

だが、いい加減解毒を優先しろと身体が要求し、強制的に落ちてくる瞼《まぶた》を必死に支えるしかできない。五分寝れば治る。それはわかっているが……。

「セシルッ！　どこにいる!?」

不意に中庭に朗々と第一聖騎士隊隊長の声が響き渡り、セシルは目の前に掲げていた手をひらひらと振った。

「ここですよ～ぅ……オズワルド……さま……」

ああ、これでようやく眠れる。

端から黒く塗りつぶされていく意識の中、騎士の格好ではなく正装をしたオズワルドが駆け寄ってきて、ベンチに横たわるセシルの横に慌てて膝を突くと顔を覗《のぞ》き込んできた。

「セシル⁉　どうした⁉　何があった⁉」

肩を掴《つか》んで揺さぶりそうな勢いのオズワルドに、彼女は数度、瞬きをするとふわりと笑った。

「………これは……その……単なる」

そう、単なる。

「花粉症です」

「花粉症⁉」

「春だし、この辺りはたくさんお花が咲いてますからね……ちょっと許容量をオーバーしました。五分寝れば治るので……悪《あ》しからず」

告げて、動揺する彼を視界から締め出し、セシルは身体の力を抜いた。つむった瞼の裏に、先ほどの自分の身体からきらきらと立ち上っていた金緑の光が蘇り、落ちていく意識の中で彼女は、自分の感情にどうしてこんな綺麗な色がついているのだろうかと再び首を傾げるのであった。


「ほら。ブリジッドから差し入れだぞ」

王城から急いで戻り、ベッドに寝かされていたセシルの元にオズワルドが運んできたのは、スペアリブの煮込みとブロッコリーとほうれん草、白身魚のクリーム煮、あとはチョコレートタルトだった。

「……自分で食べられますよ、オズワルド様」

この半年、ベッドで治療を続けていたのはオズワルドの方なのだ。セシルはその彼を実験台——……もとい、看病する立場だった。それが今は逆転している。

「ほら、タルトもものすごく……甘そうだな」

鏡のような表面にナイフを入れて切り分けたオズワルドが、そのひとかけらをセシルの口に押し込んだ。中のオレンジソースの酸味とクルミの歯ごたえがちょうどいい。

「オズワルド様……」

世話を焼かれ、もぐもぐしながらセシルは半眼で彼を見た。

「私は重病人じゃありませんから……」

「いいや、安静にしてろ。顔色が悪い」

確かに毒を盛られたが、本当に五分で解毒できたので今は全く問題ない。まあ、多少身体が怠いが、それは単にお腹《なか》が空いて解毒のパワーが足りなかったからだ。

だがオズワルドにとってたとえ花粉症（偽）でもぐったりしたセシルを見るのは心臓に悪いらしい。甲斐甲斐《かいがい》しくスペアリブを切り分けて差し出す彼に、仕方なく口を開ける。そうやって、デザートとメインをごちゃ混ぜして差し出されたものを、もっきゅもっきゅ食べていると、ふとカトラリーを置いたオズワルドがじっとセシルの瞳を見つめていることに気が付いた。

「……何ですか？」

もしかして王女の件がばれたのか？　と内心ひやひやしながら尋ねれば、何かに思い当たったのか、にやりと笑った男がセシルの頬《ほお》に両手を当てると、その親指で瞼の下を引っ張った。

「!?」

「大丈夫か？　乗っ取られてないか？」

にやにや笑って覗き込む彼に、セシルが喚き返した。

「乗っ取られてませんよ！　ていうか、何ですか!?　意趣返しですか!?」

「まさか、とんでもない」

あらかた片付いた皿の乗ったトレイを丁寧にどけ、オズワルドがあっさりとセシルを押し倒す。甘くオズワルドが微笑《ほほえ》むのが見えて、高鳴り出す心臓を誤魔化すように彼を睨《にら》みつけた。

「何する気ですか!?」

「何もしないことはない」

「そう、何もしないことは……――するんですか!?」

ぎょっとするセシルにちゅっと素早くキスをして、オズワルドは満足そうに笑った。……どこか飢えたような笑みでもあった。

「思い出したか？　あの時は……こんなことするとは思ってなかったけど」

言いながら、オズワルドはセシルの目の前で夜会服を脱いでいく。初めてオズワルドと出会い、屋敷に連れ去られた時、彼は胸に付いた傷跡を見せるために衣服を脱いでいた。

だが今は違う。

「セシル……」

シャツを脱ぎ、今度は赤くなるセシルの白魔導士の正装を脱がせようとする。待って、と制止を告げたいが彼は許さず、重く動きの鈍い彼女からあっという間に衣装をはいでしまった。

「び、病人を襲うなんて！　非常識ですよ!?」

とりあえず非難してみる。だがオズワルドは肩を竦《すく》めるだけだ。

「単なる花粉症だろ？　現に、だいぶ元気になってるし。それに」

あっさりとコルセットを外し、シュミーズの肩ひもを降ろしてあらわになった白い胸に唇を寄せた。

「んぅ」

まだいくらか痺れと重みの残る身体に、それは鋭い刺激となって身体を貫いた。手を伸ばしてオズワルドを押し返そうとするが、それをオズワルドがあっさり掴んで、手首の内側に唇を寄せる。

ちゅっと、軽い音がしてくすぐったい感触が身体を駆け抜けた。

「せっかく正式に婚約者として認められたんだから、絆《きずな》を深めないと」

にやりと笑う彼の、溢れる色気に当てられる気がしてセシルは唇を噛んだ。悔《くや》しいが……どきどきする。

「……そう言いながら、単に仕返しがしたいだけですよね」

「さあ？　婚約者に王城に置いていかれ、群衆の相手をさせられたことに対して仕返ししたいとは思ってないよ」

「でもそれは全部オズワルド様の自業自得じゃないですかっ」

「それについては悪かったと思ってる。逃げ出した君の背中を見て早まったと反省したし、だから一人で群衆をさばいた。よってこれはそのことに対しての仕返しじゃない」

そのまま彼はにやりと笑う。

「いまままでの仕返しだ」

全く悪びれる様子もなく、ぬけぬけとそう言うと、彼は焦らすようにセシルの身体を指先で辿《たど》り始めた。首筋を通って胸の間、それから腰、背中と辿っていく。やがて乾いた熱い掌《てのひら》が胸を包み込み、ゆっくりと感触を確かめ、そのもどかしさにセシルは思わず首を振って身を捩《よじ》った。途端、かすかに浮いた背中に手を差し入れられ、オズワルドの身体に沿うように抱き寄せられる。

「どうかな、セシル。元気になれそうか？」

「――……元から私は十二分に元気ですよ」

熱い胸元に頬を押し付けたまま半眼で言えば、彼はかすかに笑みを含んだ吐息を漏らし、彼女の耳殻に舌を這わせる。

「それは良かった。俺の治療の効果かな？」

耳元で甘い声が囁き、更にはつっと背中を指でなぞられて、セシルはびくりと身体を跳ね上げる。

「確か聖騎士では癒《いや》しの白魔法は使えなかったはずではないですか？」

「ああ。だからこれは……別の癒しの方法だ」

あちこちを撫《な》でさすっていた彼の手が、足の間に伸び柔らかな丘を包み込んだ。

「んっ」

固く熱い指先が秘裂をゆっくりと撫でて忍び寄り、柔らかく溶けて蜜《みつ》を零《こぼ》す泉に差し掛かる。オズワルドの指が中に入ることなく、溢れた蜜を尖る花芽やその周囲に滲ませる。何度も何度も執拗《しつよう》に愛《あい》撫《ぶ》されるうちに、セシルは身体の奥にある空洞が埋めて欲しいと切なく訴え始めるのを感じた。

じれったさに思わず膝をすり合わせる。

「……もう欲しい？」

そんな彼女の様子に気付いたオズワルドが意地悪く告げ、セシルはかすかに潤《うる》んだ眼差《まなざ》しを自分にのしかかる男に向けた。

その瞬間、鼓動が一つ、跳ね上がった。

目元を赤く染め、熱っぽい眼差しでこちらを見下ろすオズワルドに目を奪われる。

ふと、彼をそうさせているのが、あの舞踏室《ボールルーム》にひしめいていた令嬢や貴婦人、更にはあの王女ではなく自分一人である、という事実に心臓が爆発しそうになる。

急に真っ赤になったセシルに気付いたのか、オズワルドがかすかに目を見張った。

彼の綺麗な金緑の瞳がセシルだけを映している。

その瞬間、彼女は気が付いた。自分の掌に見えた金色の光。夏の木漏れ日のようなそれと似たようなその光が自分を見下ろしていて衝撃を受けた。

自分が纏っていた感情の色は、まさかのオズワルドの瞳を象徴するものだったとは。

（つまり……彼の目をそれだけ覗き込んでいて……）

更にそれを自分の中の『欲望』と認定しているわけで……。

「……なんだ？　黙り込んで、どうした？」

不意に、自分から溢れる金緑の光が彼を捕らえる気がして、セシルは口をパクパクさせたあと。

「!?」

腕を伸ばして、がばりと彼の首筋に抱き着いた。

「セ、セシル!?」

慌てふためく声が耳元でする。自分がどんな顔をしているのかわからないセシルはそのままぎゅーっと彼に抱き着いた。触れた肌が熱く、じわじわと彼の体温が自分に滲んでくるようで、その感触に更に心臓の速度が速くなっていく。

「オズワルド様……」

自分の中にあった独占欲のようなものを思い知らされた気がして、セシルは恥ずかしいやら納得するやら切ないやら、混乱した感情のまま彼の耳朶《じだ》に唇を寄せた。びくり、と彼の身体が強張り、触れている部分が急激に熱くなる気がする。

構わずにセシルは続けた。

「私の欲望……どうやらオズワルド様の視線を独り占めしたいことみたいです……」

今知った事実をそっと告げると、かすかに彼の身体が震えるのがわかった。それからゆっくりと身体を離したオズワルドが、セシルが何か告げるより先に口付けた。

それはどこか獰猛《どうもう》で、でも何故か甘くて身体の中心が熱を持って燃え上がるようなものだった。熱すぎる舌に自分の舌を絡めて、セシルはもっとと強請《ねだ》るように身を寄せる。と、不意にオズワルドがセシルの太ももに手を滑らせ、柔らかく撫でた。ぞくり、と肌に痺れ薬のそれとは違う刺激が走り、思わず身を引いた彼女は、あっという間に彼に足を割られてしまう。

かあっと頬が熱くなるが、それより何より、オズワルドがその金緑の瞳でじっとセシルを見詰めるから、縫い留められたようになって動けなくなる。

「セシル……」

ゆっくりと身体を倒したオズワルドが熱すぎる手でそっと、セシルの頬に触れる。魅入られたように、彼の瞳を見上げる彼女に、オズワルドはゆっくりと笑った。

「心配しなくていい。俺の視線はずっと……君に釘付《くぎづ》けだ」

それこそ、初めて会った時からずっと。

その彼の台詞《せりふ》に、セシルは笑みを返す。

「物好きですね」

「ああそうだな、誰かさんに言わせれば、俺の趣味は悪いらしい」

溶けて甘く疼《うず》く身体の中心に、そっと熱くて昂《たかぶ》ったものが押し当てられる。ゆっくりと花芽をつついて刺激するよう動く灼熱の楔に蜜口が潤み、ゆっくりと二人を繋《つな》ぐべく濡《ぬ》れていく。せり上がってくる何かに押し出されるように、セシルが喘ぎながら答えた。

「でも……多分きっと……ずっと……退屈はしないはずです」

私も、退屈なんかしないから。

ぱちり、と火花を散らすようにセシルの綺麗な琥珀色《こはくいろ》の瞳と、オズワルドの金緑の瞳が絡み合う。

次の瞬間には、硬い楔がゆっくりとセシルの身体を暴いていき、彼女の喉から甘い嬌声《きょうせい》が漏れた。

「あああっ……」

喉を反らし、身を震わせる彼女の、細い首筋にオズワルドが噛みつく。身体に回された腕がきつくセシルを抱きしめ、彼女は空虚を訴えていた身体の中心がじわじわと満たされる感触に目の前が白くなるのを覚えた。

「んんっ……」

じわっと身体の中心から広がる、目がくらむような快感にセシルの身体が震えた。高まった緊張がやや緩むようなそれに、オズワルドが意地悪く笑った。

「なんだ？　もうイったのか？」

頭の奥の方が痺れるような余韻のなか、セシルはむっとしてオズワルドを睨みつけた。

「さ……散々あおったのはオズワルド様でしょう？」

その結果だと頬を膨らませれば、柔らかなキスが降りてくる。

「そうだな……俺のせいだ」

「……いえ、そんな風にあっさり認められると調子が狂うというか……」

ぼそりとこぼすセシルだったが、次の瞬間、激しく突き入れられて再び目の前が白くなる気がした。

「だが、申し訳ないがもう少し付き合ってくれ」

ゆっくりと楔が抜かれ、続いて勢いよく押し込まれる。

「ひゃっ」

抜け落ちていく喪失感と、押し込まれる充足感が緩急をつけてセシルの身体を襲う。

「あっあっあ」

快楽に身構えることもできず、不規則な律動に混乱する。そういえば、と彼女はぼんやりと考えた。オズワルドとちゃんとこうしたことをするのは……もしかしなくても初めてかもしれないと。

一番最初は媚薬を盛った上に目的は治療だったし次も次も治療がメイン。その後の謎の異空間で何度か逢瀬をしたが、あれは身体が別の場所にあったため本当のことではなかったと言える。

現実世界で互いの愛しさが高じた上の行為は……初めてだ。

「そうか……だいたい……良い所は同じようだ」

「っ」

探るようにセシルの隘路《あいろ》を突き、身体に伝わるちょっとした緊張や絡みつく膣内《なか》の感触でオズワルドが快楽を拾う場所を掴んでいるのだと知る。

それが……なんだか妙に恥ずかしくて。

「も……や……」

「いやだ」

これ以上ないほど赤く染まる彼女の頬に唇を寄せ、オズワルドはたった今、セシルが反応した個所を的確に攻めていった。

「セシル……俺は……視線だけじゃ満足しない」

「あんっ……んっ……んんっ」

「視線だけ独占したいなんて言うな」

「ひゃっ」

切羽詰まった声にきゅっと身体の奥が熱く締まり、彼の楔をからめとるのがわかった。熱くなる身体の奥へ、彼を誘うように腰が揺れる。

「俺の全部まるごと……」

「やめ……や……あっあっあ」

「欲しがれ……セシルッ」

ぐいっと足を抱え上げられ、より深い場所へと楔を打ち込まれる。激しい律動にセシルは体中が解放を求めて疼くのがわかった。そしてそれができるのは目の前にいる彼だけだということも。

治療でも、幻想でもなく。

ただ、本当の二人が身体の奥の奥で繋がろうとしている。

他のどの人達……令嬢、貴婦人、姫君、騎士……その誰とも違う手段で。

「オズワルド……さまぁ」

二人の間にしか生まれない熱に浮かされ、セシルの鼓動がオズワルドのそれと重なり、徐々に速くなっていく。

「セシル……！」

切羽詰まった声が掠《かす》れて重く名前を呼び、セシルはしがみつくものを求めるように、オズワルドの背中に抱き着いた。

「つあああぁっ」

放り出され、落下するような、眩暈《めまい》のする快感の果てにセシルは確信する。

きらきらと光る『きんいろ』に包まれて、望まれた通りにオズワルドの全てが欲しいんだと。

同じ速度の鼓動を感じながら、彼女は目を閉じた。

何故か初めて……オズワルドとちゃんと繋がれたような気がした。


「とりあえず有力貴族の名前と爵位名を覚えていただきます。次にマナーとダンスのレッスン。最後にフレイア公爵家の歴史を学び、領地の位置と特産、屋敷にある数々の美術品の由来と価値をしっかり把握《はあく》してください」

王城で正式な婚約者と認められた翌日。

公爵家の図書室ですました顔のコールトンから淡々と告げられた内容に、セシルは今すぐ婚約を撤回したい気分になった。だが、それを言うと面倒なことになるので我慢する。

机の上に広げられた貴族名鑑を穴が開くほど見つめ、セシルは表紙をめくるとそこにびっしりと書き込まれた名前と爵位名、簡単な略歴をさら〜っと眺めて再びぱたりと表紙を閉じた。

辞書ほどの厚さがある名鑑に、彼女は「絶対に無理だ」と確信した。この内容を全部覚えるなんて狂気の沙汰《さた》だ。

そんなセシルの様子に気付いたのか、コールトンがさらりと告げる。

「別に全てを覚える必要はありません。フレイア公爵家の利益になりそうな人物だけ集中して覚えてください」

「……はぁ……」

全て見透かされている。溜息《ためいき》を飲み込み、今度は領地の歴史を記した、膨大な記録書に手を伸ばした。こちらは歴代の領主が書く、運営日記のようなもので、ある人はこまごまと買ったものを記入し、またある人は名前と出来事の印象をタイトルのように走り書きしていたりする。

貴族名鑑よりは楽しい、人となりがわかるようなそれが興味深く、オズワルドのご先祖様の記録を追っていると、不意に図書室の扉がノックされ、オズワルドが顔を出した。

「セシル、俺達の結婚式の日取りを決めたいんだが」

ごほん、と咳払《せきばら》いをしながら切り出すオズワルドが、なるべく平常心を保つことを心掛けているのが手に取るようにわかった。心持ちコールトンの表情も和らぐ。だがそんな多少照れたような様子を見せるオズワルドとは対照的に、彼に背を向けて座るセシルはばっさりと切り捨てた。

「最低でも半年後ですね」

「そうか、半年――……って、また半年!?」

ぎょっと目を剥《む》くオズワルドにセシルは肩を竦めた。

「だって見てくださいよ、この勉強量の多さ」

椅子を引いて、自分が向かう机の様子をオズワルドに見せる。

「こ、これは……!?」

「フレイア公爵家に嫁ぐために覚えることの山です」

「！」

机の上にうずたかく積み上がる書籍と紙束の山。自分だって覚えていないような昔の工事記録や日々のこまごました内容に、こちらに背を向け再び真剣に目を通していくセシルにオズワルドは眩暈がした。実際身体がふらりと傾いで、慌てて本棚を掴む始末だ。

「ちょっと待てセシル……それは覚えなくてもいいんじゃないか？」

「ええそうですね。でも、歴史は知っておいて損はないですよ」

知らないことを知る……――それがセシルの矜持でもある。

五歳児の彼女が目をきらきらさせて「しりたいのです！」と言っていたことを思い出し、オズワルドは青ざめた。確かに……彼女のそういう所は嫌いじゃないし、むしろ好ましいが。

「あの……セシルさん？　それらは結婚してから覚えても何も問題ないのでは……？」

「それは無理な相談です、オズワルド様」

ふっと小さく笑う気配がし、目をきらきらさせたセシルがくるりと振り返る。

「私はオズワルド様の全てが知りたいんです！」

どやあっと胸を張るセシルを前に、オズワルドはよろけるように近くの椅子に腰を降ろした。

それはベッドの中のこと限定にしてくれと、心の底から思う……のだが。

（…………まあ……仕方ないか……）

楽しそうな彼女を見ていると、なんだか全て「それでいい」ような気がしてくる。

（出会ってから一年後に結婚するのも悪くない。……うん、たぶん……きっと……記念日としては最良だし……）

果たして自分から溢れる欲望の色は何色なのだろうかと、不意にオズワルドが考える。
そして次の瞬間には確信した。
まず間違いなく、美しく輝く彼女の瞳の、溶けた蜂蜜のような琥珀色、だと。

# あとがき

こんにちは！　千石かのんです。この度は「落ちこぼれ白魔導士セシルは対象外のはずでした２」をお手に取っていただき、誠にありがとうございます！

続きを出せたのは応援してくださった皆様のお陰です。「頭に花の咲いている」第二聖騎士隊隊長の彼を出してあげることができて本当によかったです！

今回は謎の呪いに苦しむ彼と、魔獣モドキの鳥、怪しげな人物に唐突な討伐クエスト（笑）となかなか盛りだくさんになりました。が、主役二人は相変わらずで……オズワルドさんに至ってはまたしてもカッコいい出番がなく……。キラキラしいヒーローがたくさんいる中で、た、たまにはこんなヒーローも……いいかなって……。

今回も素敵な挿絵を駒田ハチ先生に。ゼロサムオンラインではなんとコミカライズを笹原智絵先生に担当していただいております！

お二人には生き生きとしたキャラ達を描いていただき感謝しかありません！

最後にここまで読んでくださった読者の皆様、本当にありがとうございました。

またどこかでお会いできればなと思っております。

# 落《お》ちこぼれ白《しろ》魔《ま》導《どう》士《し》セシルは対《たい》象《しょう》外《がい》のはずでした2

## 千石かのん


2023年9月5日　初版発行

著者　千石かのん

発行者　野内雅宏

発行所　株式会社一迅社
〒160-0022 東京都新宿区新宿3-1-13　京王新宿追分ビル5F
電話　03-5312-7432（編集）
電話　03-5312-6150（販売）
発売元：株式会社講談社（講談社・一迅社）

印刷・製本　大日本印刷株式会社

DTP　株式会社三協美術

装丁　AFTERGLOW





ISBN978-4-7580-9576-1




MELISSA

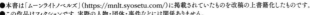